dtv

Vierzig Jahre ist es her, daß die Erzählerin und die Schwaiger Anni einander zum erstenmal begegnet sind – Flüchtling die eine, Tochter eines Kleinbauern die andere. Schon als Kind hatte Anni »das Sach« in die Hand genommen, weil die eigene Mutter zu schwach war. Und mit der gleichen Selbstverständlichkeit nimmt sie sich auch des heimatlosen Mädchens aus der Stadt an ... Wie das Leben dieser beiden so verschiedenen Frauen abläuft, schildert Ruth Rehmann in lebendigen, unsentimentalen und auf eigentümliche Weise dramatischen Bildern. »Ihre Zeitdiagnose ist wehmütig, aber illusionslos richtig. Ihre Schreibweise ist ebenso poetisch wie realistisch.« (Hartmut Kircher im ›Kölner Stadt-Anzeiger‹)

Ruth Rehmann, geboren am 1. Juni 1922 in Siegburg, stammt aus einer rheinischen Pastorenfamilie. Sie studierte Kunstgeschichte, Archäologie und Musik und lebt heute als freie Schriftstellerin im Chiemgau. Werke u. a.: ›Der Mann auf der Kanzel‹ (1979), ›Bootsfahrt mit Damen‹ (1995), ›Fremd in Cambridge‹ (1999).

Für Mina

An schönen Abenden fuhren wir, Max Kramer und ich, mit dem Fährboot auf die andere Seite des Flusses, gingen durch die Kammerer Wiesen und die Herrnberger Leite hinauf zu der Mulde im Abhang, von der aus wir das Tal bis zu den Alpen überblicken konnten. Kramer, der nun nicht mehr Gefreiter war, sondern Künstler, holte sein Malzeug aus dem Korb und versuchte, das Tal zu malen oder zu zeichnen, nicht um Kunst zu machen, daran läge ihm nichts, sagte er, nichts Eigenes, Bedeutendes, Exemplarisches wolle er ausdrücken, nur das, was vor unseren Augen war: das schwingende, wie Meeresdünung dahinrollende Gelände, in dem unser Tal die Mitte war, von bewaldeten Hügeln umgeben, zum Himmel geöffnet mit dem unbeschreiblichen Grün feuchter Wiesen am Spätnachmittag. Das wollte er aufs Papier bringen in Farben, Linien, Formen und schaffte es nicht und fing wieder von vorne an, unzählige Blätter, mit denen er abends seinen Ofen ansteckte, und auf einem, erinnere ich mich, war eine Riesenfrau abgebildet, die breit auf der Erde saß und in dem Rock, der zwischen ihren gespreizten Knien durchhing, alles zusammenhielt, was zu unserem Tal gehörte: ganz innen die Anwesen Schwaig und

7

Kammer mit dem Fluß dazwischen, im Breiteren zwischen den Knien die Höfe Bruck, Zain, Lindach und den Bogen des Flusses, der sich in den Fischauer Teichen verliert und hinter dem Fichtenholz wieder ins Freie tritt, als flösse der Fluß im Kreise, immer das gleiche grüne Fließen unter dem Bruckner-Waschsteg, dem Fährseil zwischen Schwaig und Kammer, den überhängenden Weiden des Auwaldes und, mit Gischt und Strudel, über die Reste des gebrochenen Wehrs, die Lindacher Wiesen umfangend, wieder nach Bruck, Schwaig und Kammer, immer rund und rund und wir in der Mitte. So sehen wir das jetzt, sagte Max, Blatt und Wirklichkeit vergleichend, aber was wird sein, wenn die Riesenfrau einmal aufsteht, ihren Rock ausschüttelt und fortgeht? Das wird nie passieren! sagte ich. Anni geht nicht fort. Wo sollte sie denn hin?

Ich war nicht da, als es passierte. In der Früh bin ich abgefahren, nach Süden, weil ich den Winter im Tal nicht mehr aushielt. Das ewige Weiß-Grau-Schwarz. Die schmutzigen Schneehaufen im Hof. Die lautlosen Frostnächte. Die fahlen, von Mausegängen durchzogenen Wiesen. Die Kälte, die das Grün in den Knospen zurückhielt. Jeden Morgen das Holz für den Ofen herauf und die Asche hinunter und das Eis am Fährboot losschlagen, damit die Schulkinder über den Fluß kommen. Kein Schritt ohne Gummistiefel. Die Starenkästen immer noch leer. Da wo ich herkomme, blühen schon die Obstbäume, habe ich am Abend vorher zu Anni gesagt, wahrscheinlich vorwurfsvoll, als sei sie, zu allem anderen, auch noch für das Klima verantwortlich. Die richtige Antwort wäre gewesen: dann geh du doch dahin, wo du hergekommen bist! Aber so etwas sagt sie nicht. Da kann ich ganz sicher sein.

Eisiger Nebel stand ums Haus. Der Wagen wollte nicht anspringen. Trostloses Leiern. Ich hatte schon das Seil heraus, um mich vom Bulldog anschleppen zu lassen, da sprang endlich der Funke. Ich bin gleich losgefahren und ohne Anhalten am Hof vorbei, weil ich Angst hatte, der Motor würde wieder verrecken, und als ich schon fast vorbei war, trat Anni vor die Tür und hob die Hand. Ich sah sie im Rückspiegel stehen, mir nachschauen, die Hand neben dem Kopf – eine steckengebliebene Geste, eine Mitteilung, die mich nicht mehr erreichte.

Ich wollte anhalten, zurückfahren, aber mein Fuß auf dem Gas wollte es anders und die Kurve hinter der Holzhütte schob ihre Gestalt aus dem Rückspiegel. Das Bild fiel in meine Erinnerung mit einem Schmerz, der nun nie mehr vergehen kann.

Während ich fuhr, spürte ich den Sog zum Umkehren und die Schuld, daß ich es nicht tat, wie einen Stein im Leib. Ich versuchte, meine Gedanken nach vorn zu lenken, dem Frühling entgegen, der hinter dem Brenner wartete, aber sie gehorchten mir nicht. Das Tal hielt sie fest mit der steckengebliebenen Geste im Rücken, mit dem Geklammer der kahlen Äste über dem Hohlweg und den schmutzigen Schneewällen links und rechts von der Straße.

Schnee im Mai, genau wie damals, als ich zum ersten Mal ins Tal kam, unter Bomben und Maschinengewehrbeschuß ausgerechnet in dieses allerletzte Loch im Voralpenland, das mir nun vierzig Jahre Heimat gewesen ist. Und jetzt fahre ich, ohne adieu und danke zu sagen. Aber ich fahr

nicht für immer, dachte ich, und wenn ich wie-
derkomme, werden wir miteinander reden, Anni
und ich, wie wir es früher getan haben, beim
Wäschewaschen und Heuwenden, beim Rüben-
setzen, Unkrautjäten, Lindenblühzupfen, Federn-
spleißen. Solche geruhsamen Arbeiten haben wir
nicht mehr getan, seit die Gastwirtschaft läuft,
aber einmal die Woche ist Ruhetag, dachte ich und
nahm mir vor, an einem Ruhetag heimzukommen.
Laß die Glotze! würde ich zu Anni sagen, setz
dich mit mir auf die Bank wie damals, nimm das
Wännchen zum Fußwaschen mit hinaus. Die Füße
im warmen Wasser, werden wir auf der Bank sitzen und zuschauen, wie die Sonne über den
Hügelkamm rollt und abrutscht und hinter dem
Wald untertaucht.

Weißt du noch, wie ich gekommen bin, werde
ich sagen, im Mai 45, der Schnee so hoch auf der
Bauernstraße, daß die Wehrmachtskolonne stek-
kenblieb, da wo der Weg nach Lindach abgeht.
Vom Rucken vor und zurück, vom Mahlen der
Reifen im nassen Schnee bin ich aufgewacht, hatte
die ganze Zeit geschlafen, seit die Soldaten mich
im Thüringischen aufgelesen und mit Schnaps
vollgegossen hatten, damit ich aufhörte zu schrei-
en: holt sie raus! holt die Verschütteten unter dem
Bahndamm raus!

Nun standen wir still. Durch das Offene unter

11

der hochgeschlagenen Plane biß die Kälte. Alle waren draußen beim Schieben. Nur der Gefreite Kramer hat sich an mich erinnert. Endstation! blies er mir ins Ohr, zerrte mich von der Holzbank hoch, half mir über die Rampe und vorwärts durch die nasse, von Rauschen erfüllte Finsternis: halt dich an den Oberst, der wird schon Quartier finden!

Aber ich sah keinen Oberst, kein Quartier, nur schwarze Nacht und Funkenregen im Kopf. Reiß dich zusammen, sagte der Gefreite Kramer, es ist nicht mehr weit bis zum Frieden.

Plötzlich ein Rinnsal von Licht über dem Schneewall, euer Licht, Anni, gelbes Geblinzel aus eurem Küchenfenster. Geht wieder unter. Ich recke mich hoch, halte das Licht mit den Augen fest, lasse mich ziehen vom Licht, denke an Wärme, Bett, Schlafen.

Das Licht, euer Licht, sammelt sich in zwei kleinen Vierecken, blinzelt nicht mehr. Die Gardinen dahinter lassen keinen Spalt zum Hineinschauen. Der Oberst ist als erster an der Haustür. Er hebt die Hand im Lederhandschuh, schlägt mit den Knöcheln gegen die Tür, die zurückweicht. Wärme strömt heraus, Gerüche nach Kuhstall, Milch, Essen. Der Oberst schnarrt seine Bitte um Quartier wie einen Befehl. Geht's eina! sagst du, siehst mich an hinter dem Oberst und sagst: die schaut aber arm! Der Oberst dreht sich um: wer

12

ist denn das? Der Gefreite Max Kramer tritt vor
mich und spricht leise zum Ohr des Oberst hinauf. Ich verstehe nichts außer dem Wort: Schock.
Sie kann auf dem Kanapee in der Küche schlafen,
sagst du.

In der Küche sitzen zwei alte Leute, deine Eltern, am Tisch, über ihnen auf einem Wandbord
Unsere Liebe Frau von Lourdes in Weiß und Blau.
Die beiden Alten schauen nicht auf, als die Männer sich einer nach dem anderen unter den niedrigen Türstock bücken, der Oberst im Ledermantel
tel zuerst, dann sein Bursche Wenzel, dann der
Fahrer. Der Gefreite Max Kramer kommt nicht
mit. Er zwinkert mir zu, zeigt mit dem Kinn auf
dich: Halt dich an die Frau! tritt zurück ins Dunkle. Ich halt mich am Türstock fest, während die
Männer zum Herd treten und die Hände über die
warme Platte strecken, auf der noch die Nudel-
pfanne steht und der Topf mit Lindenblütentee,
darüber am Gestänge die Arbeitskleider und unten, neben der Holzkiste, sauber zu Paaren aufgestellt, die Holzschuhe, die nun von den Militär-
stiefeln durcheinandergebracht und vom abflie-
ßenden Schneewasser genäßt werden. Du schiebst
mich über die Schwelle und am Tisch vorbei zum
Kanapee, gibst mir einen sanften Stoß, daß ich
niedersinke, immer tiefer, immer weiter weg, bis
die Stimmen leiser werden und schließlich nichts

mehr bleibt als deine Hände, die ein riesiges Federbett um mich herumstopfen.

Später kollert Gelächter in meinen Schlaf. Slawische Stimmen, ich denke an Russen, schreie, aber kein Ton kommt heraus. Du drückst mich in die Kissen zurück: schlaf! die Nacht ist noch lang. Die Küche voll Rauch und Menschen, polnische Zwangsarbeiter von Lindach, von Bruck, von Fischau, erinnerst du dich? Sie trinken gelben Löwenzahnwein, den du aus einem Glasballon in die Gläser rinnen läßt, reden von unserer nächtlichen Ankunft im Tal. Wie der Oberst einen Bauern um Quartier fragt und der Bauer, statt ihn hineinzubitten, den Oberst im Hof stehen läßt und zum offenen Scheißhaus neben dem Misthaufen geht und dem Oberst, ehe er sich niedersetzt, seinen nackten Hintern zeigt. Wie der Oberst, hinter zusammengebissenen Zähnen fluchend, zu seinem Wagen zurückgeht.

Der hübsche Valenty, ein Student aus Krakau, nun Zwangsarbeiter beim Bauern, demonstriert, auf Fußlappen durch die Küche tapsend, wie der Oberst beim Gehen immer kleiner wird, immer krummer. Die Leute am Tisch schütten sich aus vor Lachen. Sogar Wenzel, der neben dem Herd die Stiefel seines Herrn Oberst putzt, grinst unter dem Stoppelbart. Der Oberst ist nicht zu sehen. Seinen Mantel hast du im Schoß und stichelst an

14

einer abgerissenen Tasche herum. Nun schaut Valenty zu mir herüber und macht eine elegante Verbeugung. Das gnädige Fräulein ist aufgewacht, sagt er, sie braucht was zu trinken. Du kippst den Ballon über ein Glas mit gemalten Enzianblüten, läßt Löwenzahnwein einfließen, reichst mir das Glas über das Federbett. Süß und ölig rinnt das Zeug meine Kehle hinunter. Wo ist denn der Oberst? frage ich. Wenzel weist mit dem Kopf zur Balkendecke. Schläft! sagt er. Nix mehr Oberst! der Krieg ist aus, sagt Valenty.

Erinnerst du dich noch an den Morgen nach dieser ersten Nacht? Ich fahre hoch, als du den Ofen einschürst, die Küche gleißend von Morgensonne, gelüftet, blank, aufgeräumt bis auf mein Federbett auf dem Kanapee, in das ich mich tiefer verkrieche und ganz innen, im Warmen, Dunklen zu jammern anfange vor Angst, daß ich nun auch gelüftet und weggeräumt würde, zurück in den Krieg, in die Flucht. Durch ein Loch zwischen Federbett und Kopfpolster seh ich dich vor dem Herd, deinen runden Rücken, deinen Hintern, den du beim Bücken hochreckst, deine Hände, die Reisig ins Ofenloch stopfen, und wie die mit Streichholz entzündeten Flämmchen knisternd hochschwärmen. Jeden Morgen machst du das, aber für mich war es das erste Mal, und du der erste Mensch, der mir den Frieden zeigte, und da,

15

genau da, wollte ich hin mit meinem Zittern und Jammern.

Das hast du gewußt, gib's zu, schon damals, ganz am Anfang hast du gewußt, daß meine Panik eine Spur übertrieben war. Eine Weile hast du mich zappeln lassen, dann hast du dich umgedreht und gesagt: darfst dableiben.

Ich hab dem Frieden nicht ganz getraut, bin im Warmen, Dunklen liegengeblieben, bis du mir das Federbett weggezogen hast. Da standen die Filzpantoffeln vor dem Kanapee und im Kuhstall das Zinkwännchen mit warmem Wasser aus dem Herdschiff, daneben auf dem Melkschemel RIF-Seife, Wurzelbürste und Handtuch. Damit hab ich alles, was äußerlich war vom Krieg, heruntergewaschen, und als ich fast fertig war, kamst du mit einer Kittelschürze über dem Arm, die einer größeren Frau gehört haben muß, so unförmig hing sie mir um den mageren Körper. Das macht nichts! hast du gesagt, das richten wir schon, und als du das sagtest, wußte ich, und du wußtest es auch, daß nicht wir, sondern du es richten würdest. So hat es angefangen zwischen dir und mir.

Beim Hochkurven die Serpentinen zum Brenner hinauf fing ich schon an, mich aufs Heimkommen zu freuen. Einmischen wollte ich mich, die Arbeitsraserei unterbrechen, Anni zum Reden bringen, wie sie früher zu mir geredet hat und ich zu ihr.

Oben auf dem Paß war es noch eisig, aber beim Hinabrollen das breite Flußtal entlang in die Po-Ebene mußte ich die Heizung abstellen, so heiß knallte die Sonne aufs Blech. Ich drehte das Fenster hinunter und hielt das Gesicht in den Wind. Von dem Stein im Leib spürte ich nichts mehr bis zu dem Augenblick des Wiederkommens, als ich nach Wochen in den Hausgang trat und den Mann sagen hörte: d' Mam is furt!

Im Krankenhaus habe ich sie zuerst nicht erkannt, so still und weiß lag Anni zwischen den alten Frauen, die Decke flach, faltenlos, die Hände darauf, wie die Schwester sie hingelegt hatte für die Visite, und als ich ihre Hand faßte, die gleiche, mit der sie mich zum Abschied grüßen oder aufhalten wollte, blieb sie kalt und reglos in meiner. Gelähmt, sagte die Schwester, wie auch der rechte Fuß und die rechte Hälfte des Mundes, die unbewegt blieb, als sie auf meine Frage, wie es ihr ginge, Guet! sagte, sonst nichts mehr, solange ich auf der Bettkante saß und mit mühsamem Gerede ein Echo in ihr zu wecken versuchte. Ein Schlagerl wär's gewesen, sagte die Schwester, dann noch ein Herzinfarkt oder zwei, aber die werd scho wieder, nicht wie die beiden Alten links und rechts, mit denen sei es bald aus. Ganz laut sagte sie das, in

17

munterem Ton und in der dritten Person, als ginge es die, die da lagen, nichts an. Die kümmerten sich auch nicht drum.

Als ich nach Tagen den Arzt auf dem Gang zu fassen kriegte, fragte ich ihn, warum man sie denn zu den Sterbenden gelegt hätte und ob es nicht besser wäre, sie mit jungen Frauen zusammen- zubringen, damit sie eine Unterhaltung hätte und Leben um sich herum. Er zog die Augenbrauen hoch zum Zeichen, daß mein Fragen ihm mißfiel. Neugierige Angehörige sind im Landkrankenhaus nicht beliebt, und ich bin ja nicht einmal angehö- rig. Er werde sehen, was sich machen ließe, warf er im Weiterrauschen über die Schulter, und ich dachte, wie verlassen so ein Bauernmensch in so einem Krankenhaus ist. Aber als ich durch die Aufenthaltshalle zur Pforte ging, sah ich die ganze Familie, Sohn, Tochter, Schwiegersohn, Enkelkin- der, Verwandte beim Bier sitzen und warten, bis die Visite vorbei wäre, und dachte: so verlassen nun auch wieder nicht. Obwohl die natürlich nie den Mund aufmachen würden.

Als ich beim nächsten Besuch nachfragte, hieß es, daß sie absolut nicht weggewollt hätte aus dem Zimmer mit den alten Frauen, die inzwischen ge- storben waren, so daß wieder Platz für zwei ande- re sterbende Frauen frei geworden war, aber das »absolut-nicht-wollen« nehme ich ihnen nicht ab, ich kenn sie zu gut. Neinsagen, das gibt's nicht bei ihr, höchstens: soviel Umständ! des braucht's net. Wenn sie sie überhaupt gefragt haben.

In der Gastwirtschaft lief alles wie gewohnt. Sie hatten eine Frau zum Kochen angestellt für zwanzig Mark die Stunde und eine zum Servieren auf Prozente. Superweiber! sagte der Mann. Die schmeißen den Laden. Es war Urlaubszeit, Fremdenzeit, keine Zeit, sich zu erinnern, daß sie alles allein und umsonst gemacht hatte, wofür sie jetzt zwei Superweiber bezahlen. Keine Zeit zu fragen, wie es denn zu dem Schlagerl gekommen sei, ob es Gründe gäbe. Das Leben geht weiter. Der Schornstein muß rauchen.

Soll nun alles verloren sein, was sie getan und versäumt hat wegen des Hauses, des Sach, wegen der ständig treibenden, über alles Menschenmaß hinauswachsenden Arbeit? Will niemand mehr wissen, wie sie alles, was durch die Haustür hineinkam, ernährt, getränkt, gepflegt, behütet hat, bis ihr eigenes Leben darüber zu Boden ging? Ich sehe sie untersinken und spurlos verschwinden in der Masse der Vergessenen, von denen niemand mehr spricht, weil die Zeiten anders geworden sind, das Gedächtnis kürzer, kein Sitzen mehr auf der Bank nach der Arbeit, kein Erzählen an Winterabenden unter der Lampe, kein Erinnern, wie es früher war, wer hier gelebt und gearbeitet hat und wie das alles entstanden ist, das Haus, der Garten, die Felder, die Fähre, der Friede.

Ich möchte einbrechen in das stille Krankenzimmer, sie an den Schultern rütteln, sie anschreien, meine Wut in sie hineinblasen. Ach nein, ich möchte mich zu ihr beugen, meine Arme um ihren Hals und meine Wange an ihre legen, ihr zuflüstern: Steh auf, Riesenfrau! schüttle die Kukkucksbrut aus dem Rock! Zeig ihnen, wer du bist!

Aber sie hört mich nicht mehr.

Ich versuche, sie zu sehen, wie sie damals war, und erfahre, daß ihre Gestalt sich entzieht. Es gelingt mir nicht, sie zur Betrachtung zu isolieren und ruhigzustellen. Immer ist das Sach dabei, Dinge, mit denen sie umgeht, Verrichtungen, die sie erledigt. Riesenfrau ist sie nur in meiner Einbildung. In Wirklichkeit war sie kleiner als ich, und der Eindruck von rund bezog sich weniger auf ihren Umfang als auf die Art ihrer Bewegung, die rasch war, aber nicht so aussah, weil sie sich ohne Ecken und Brüche, ohne Lärm und Kollisionen vollzog: ein sanftes beständiges Rotieren in unserer Nähe, das als Ruhe empfunden wurde, obwohl es weder verstohlen noch leise vor sich ging.

Sie und ihre Arbeit befanden sich in einem vollkommenen Einverständnis, als hätte jedes Ding in einer längst vergangenen Zeit Ja gesagt zu seiner Rolle und liefe nun von selbst, lege sich willig in ihre Hand, erriete ihre Absicht, füge sich in einen nie ausgesprochenen, vermutlich nie gedachten Plan. Auch wir verhielten uns so. Nie habe ich sie befehlen oder anordnen hören. Mit »magst du« und »du darfst« setzte sie uns in Bewegung, dann liefen wir mit, und ob wir unsere Rolle selbst gewählt oder von ihr erhalten hatten, war nicht mehr auszumachen.

Ich bin sicher, daß keiner im Haus ihre Verrichtungen als ihre persönliche Arbeit oder überhaupt als Arbeit gesehen hat. Da war ständig etwas, das lief. Was dieses Etwas mit ihr zu tun hatte, wurde erst wahrgenommen (und augenblicklich wieder vergessen), als es nicht mehr lief. Sie selbst wurde uns nur sichtbar, wenn ein gezieltes Interesse den Gewohnheitsschleier zerriß. Zum Beispiel war es die Angst, wegzumüssen, die mich ihren zum Herdloch gebückten Körper in dieser unvergänglichen Intensität wahrnehmen ließ. Und es war der Durst, der sich bei der heißen, trockenen Heuarbeit einstellt, der die deutlichen Bilder ihrer Gestalt produzierte, wie sie sich winzig aus der Schwärze des Türlochs löst und zwischen den Obstbäumen aufwächst mit dem Korb voll Schöpsbierflaschen und Brotzeit, den sie, im Kreuz nach hinten gebogen, vor dem Bauch trägt und an einem schattigen Platz neben der Heuwiese niedersetzt. Zur Brotzeit is'! das hören alle, auch wenn sie, wie es sich bei der Landarbeit gehört, das begonnene Stück vollenden, ehe sie sich zur Brotzeit bequemen.

Wenn ich heute noch alle Phasen des Knödel-Einmachens vor Augen habe, dann hat das etwas mit der Gier zu tun, die mich seit der Hungerzeit

22

des letzten Kriegswinters verfolgte und bis weit über die Friedenssattheit hinaus virulent blieb bis in die Bilder von dieser Tätigkeit hinein, die ich jederzeit abrufen kann und die immer von Hungergefühlen begleitet sind, wobei ich natürlich weiß, daß diese Art Hunger nie mehr gestillt werden kann.

Mit beiden Händen greift sie in die große weiße Emailleschüssel mit dem Semmel-Milch-Ei-Gemisch, das zwischen ihren Fingern aufquillt. Beim Durchwalken stehen ihre Arme wie Henkel neben dem Körper. Da sie klein ist, arbeitet sie nicht von oben, sondern von beiden Seiten nach innen hin, bis der Teig glatt und geschmeidig ist. Dann trägt sie die Schüssel zum Wandbord neben dem Herd, nimmt Teigklumpen heraus, rollt sie zu Kugeln, die sie wie ein Jongleur von einer Hand in die andere und schließlich ins kochende Wasser rollen läßt. Die Einteilung ist perfekt, kein Rest bleibt in der Schüssel, alle Kugeln sind gleich groß und vollkommen rund. Auch die Konsistenz gelingt immer, nicht zu locker, nicht zu fest, gar bis in den Kern. Wenn es zum Essen ist, hebt sie die Knödel mit dem Schaumlöffel aus der Brühe, läßt abtropfen und in die Teller rollen.

Die Männer bekommen zuerst, dann die Frauen, sie selbst zuletzt, nachdem sie die Pfanne mit dem fettigen Surfleisch auf den Tisch gewuchtet, den Salat mit geschmolzener Butter und Essig übergossen und gemischt hat. Dazu nimmt sie die Hände, was niemanden stört, weil es junge Hände sind. Alte Hände dagegen, dessen ist sich die Mutter bewußt, könnten Ekel erregen. Deshalb beschränkt sich die Küchenarbeit der Mutter auf das Vorbereiten von Salat, Gemüse, Kartoffeln. Annis Hände sieht man nie in Ruhe, die Finger nie ausgestreckt. Wenn die Rillen schwärzlich sind von der Feldarbeit, denkt man nicht an Schmutz, sondern an Erde. Beim Streichen über Stoff macht die rauhe Innenfläche mit dem Gewebe ein knisterndes Geräusch. Die Berührung ihrer Hände ist angenehm, warm, trocken, ihr Griff fest, aber nicht schmerzhaft. Alle Leute im Haus, manchmal auch Nachbarn, kommen mit Verletzungen zu ihr. Sie sticht Blasen und Furunkel auf, schneidet ohne Fackeln in Haut und Fleisch, ekelt sich nicht vor Blut. Als Weltverdruß-Joe vom Umgang mit Farben ein Ekzem bekam, hat sie ihn jeden Abend verbunden, jeden Finger einzeln, den Arm bis zum Ellbogen hinauf. Das Köpfen von Hühnern, das Töten altersschwacher Hunde und Katzen besorgt sie rasch und unauffällig hinter dem Haus. Mitleid beim Töten nennt sie verächtlich »G'schiß«. Wo sie Lebenskraft spürt, pflegt sie mit Geduld und Geschick, badet entzündete Katzenaugen mit Kamille, päppelt Rehjunge mit der Fla-

24

sche auf, schient gebrochene Flügel. Entzündungen heilt sie mit Schweinehaut, die sie vom Schlachten verwahrt.

Sie selbst kann Schmerz aushalten, ohne eine Miene zu verziehen, das ist ihr Stolz, ihr Heldentum. Wenn ich beim Splitterausziehen die Hand wegziehe, lacht sie mich aus. Um die Hand mit der ausgeglühten Nadel nicht sehen zu müssen, konzentriere ich mich auf ihr Gesicht – die niedrige Stirn unter dem straff zurückgekämmten, braunblonden Haar, die über der Nasenwurzel zusammengewachsenen Brauen, die kleinen, grünen, spöttisch blinkernden Augen. Es ist ein Gesicht mit starken Kontrasten, helles Rot auf den hohen Wangenknochen, dunkles Rot in den Lippen, braune Haut, über der Oberlippe eine kleine weiße Narbe, die ihrem Mund einen Ausdruck verschmitzter Überlegenheit verleiht. Ich weiß, daß sie mir nicht mehr Schmerz als nötig bereiten wird, und halte still, bis sie meine Hand losläßt. Ihre Kompetenz erzeugt Vertrauen. Du hättest Chirurg werden sollen, sage ich. Was Chirurg ist, weiß sie nicht so genau. Einen Beruf mit Schneiden, Verbinden, Pflegen hätte sie gern erlernt, aber eine Ausbildung kam nie in Frage. Sie ist die einzige Tochter. Das Sach ist ihre Sache. Sie trägt es auf ihrem Rücken mit allem darin und drumrum. Vielleicht ist deshalb ihr Nacken so fest und hart,

25

so unauflöslich verspannt mit den Schultern, daß er auch unbelastet eine starre kompakte Masse bildet, bereit zu tragen, was man ihr auflädt.

Beim Eingrasen früh um vier führt sie die Sense in knappen, genauen Streichen von rechts nach links durch ein Stück Wiese in der Nähe des Hauses. Beim Ausholen wölbt sich der Unterleib vor. Durch einen kraftvollen Stoß aus der Hüfte versetzt sie den Oberkörper in eine halbe Drehung, die sich durch den Arm in die Sense fortsetzt. Während die Schneide knapp über dem Wiesenboden einen Halbkreis zieht, krümmt sich der Rücken, der Bauch tritt zurück, die rechte Schulter schwingt vor, die linke nach hinten. Über die sinkenden Schwaden treten die nackten Füße. Die Bewegung wirkt leicht und flüssig. Der Kraftaufwand tritt nicht in Erscheinung. Die Gewichtsverlagerungen des Oberkörpers werden von Gegenbewegungen der Hüften und Beine aufgefangen, so daß sich der Körper an jedem Punkt der Bewegung im Gleichgewicht befindet.

Beim Eingrasen trägt sie das Stallgewand, eine Art Kittel, kurz, ärmellos, halsfrei. Wenn sie sich bückt, wird das kleine dunkle Felldreieck sichtbar, das ihr zwischen den Schulterblättern wächst. Sie packt die grasbeladene Schubkarre an den Handgriffen und hebt sie auf. Dabei schwellen die Muskeln in ihren Oberarmen. Über den vom Gewicht

26

der Karre heruntergezogenen Schultern spannt sich der kurze kräftige Hals, an beiden Seiten treten Muskelstränge hervor. Sie legt den Kopf zurück und pfeift gellend in den Morgendunst. So schiebt sie die Schubkarre auf die offene Stalltür zu und mit Schwung über die Schwelle.

Bei schönem Wetter waschen wir die Wäsche im Freien. Anni hat in der Frühe Feuer unter dem Kessel im Waschhaus gemacht, Wasser eingefüllt, Schmierseife zugegeben. Wenn wir nach dem Frühstück herauskommen, kocht die erste Ladung. Umwölkt vom Wasserdampf steht Anni vor dem Kessel und rührt, das Waschholz mit beiden Händen gepackt, die Wäsche um. Dabei schwingt der kurze stämmige Körper im Kreise. Nur die nackten Füße stehen fest und breit im Nassen. Mit dem Waschholz hebt sie die triefenden Stücke aus der Lauge, läßt abtropfen, klatscht sie in die Wanne, gießt Lauge nach, zieht die Wanne am Henkel über den Waschhausboden nach draußen, wo die Waschbänke stehen.

Bis auf das Wollzeug wird alles mit der Wurzelbürste bearbeitet: Bettwäsche, Leibwäsche, Hemden, Hosen, Kleider, Schürzen. Wir breiten die Stücke über den Tisch, halten und ziehen mit der Linken, fahren mit der Bürste in der Rechten darüber hin und von Zeit zu Zeit in die Wanne, um Lauge nachzuholen. Besonders verschmutzte

Stellen reiben wir mit Kernseife ein. Die Bürste treibt Zeilen von Schaum vor sich her, die der nächste Strich wieder zerstreut. Die gebürsteten Stücke werfen wir in die leere Wanne neben der Waschbank.

Wir unterhalten uns bei der Arbeit und rasten, wenn der Rücken weh tut. Es kommt nicht auf Tempo, sondern auf Gründlichkeit an. Jede Arbeit hat ihre Zeit. Eile haben nur Stadtleute. Vergilbtes breiten wir laugegetränkt auf die Wiese, damit die Sonne den Gelbstich ausbleicht. Das Wiesengrün macht mit dem Wäscheweiß einen heiteren Klang, der sich in unseren Stimmen wiederholt. Über die Waschbänke weg geht der Blick ins Tal hinein über Viehweiden und Auwald bis zu dem dunklen, in den Himmel gezackten Block des Fichtenwaldes. Rehe treten aus dem Dickicht. Ein Raubvogel kreist. Wenn die Hühner mit gespreizten Flügeln unter die Obstbäume flüchten, rennt Anni ein Stück in die Wiese hinein, klatscht in die Hände, schreit Schimpfworte. Wenn sie zurückkommt, ist sie rot und heiß von einer Wut, die sie Menschen gegenüber nicht herauslassen kann.

Wir heben die Wanne mit gewaschener Wäsche auf die Schubkarre. Anni schiebt, ich halte die Wanne am Henkel, damit sie nicht kippt beim Stoßen und Schaukeln über den buckligen Weg zum Fluß hinunter. Über den Rand des Fährbootes gebeugt, ziehen wir die Wäsche durch das grüne Fließen, das trübe Schleier talwärts schwemmt. Wenn das Wasser klar bleibt, heben wir die Stücke heraus, wringen sie zu schrumpligen Würsten, die wir über das Steggeländer werfen.

Früher haben sie es mit dem Wäschespülen bequemer gehabt. Dicht am Waschhaus vorbei ist, von einem Wehr oberhalb abgeleitet, der Mühlbach geflossen, aber eines Tages, bei der Schneeschmelze 1940, haben treibende Stämme das Wehr gebrochen und der Bach ist ausgeblieben. Um sein zahmes Wasser ist es ihr leid. Als Kind hat sie darin gebadet. Im Fluß badet sie nie. Sie sieht ihn wild, unberechenbar, böse, ein hinterlistiger Feind der Bauern. Jedes Frühjahr, wenn das Schmelzwasser von den Bergen kommt, reißt er Stücke vom Land, vom Steg, manchmal die ganze Fährhütte weg. Die Au füllt sich mit Wasser, der Weg versinkt, die Heumandl schwimmen davon. Beim großen Hochwasser 1899 ist das Wasser von der falschen Seite gekommen, vom Lindacher Holz her. Wie ein riesiges aufgerissenes Maul hat es sich in die Obstwiese hinabgestürzt, als wollte es das kleine Haus verschlingen. Vor der Schwelle hat es Halt gemacht. Sie haben das Wunder nicht gesehen, weil sie in der Küche auf den Knien lagen und den Rosenkranz beteten. Anni war damals noch nicht auf der Welt. Das Entsetzen in ihrer

Stimme ist nicht ihr eigenes, sondern das ihrer Mutter, die ihr die Geschichte erzählt hat.

Sie mag es nicht, daß wir, Kramer und ich, im Fluß schwimmen. Um uns das Fürchten zu lehren, erzählt sie Geschichten von ertrunkenen Kindern, von Frauen, die im kalten Wasser blutflüssig wurden. Nach ihrer Meinung gibt es eine geheime Verbindung zwischen Wasser und Frauenblut, einen Sog, der das Rote Warme ins Grüne Kalte zwingt. Wenn ich mich beim Wäschespülen zu weit über den Bootsrand beuge, sagt sie: paß auf, sonst holt dich der Wassermann. Dabei lacht sie, aber ich weiß, daß sie Angst hat. Mit dem gleichen verlegenen Lächeln sagt die Mutter, wenn sie vor der Nacht die Küchenvorhänge mit Sicherheitsnadeln zusammensteckt: daß d' Frau Percht net einaschaugt!

Die Leute im Tal haben das Ausbleiben des Mühlbaches als ein böses Vorzeichen genommen und recht behalten. Der Krieg hat Gespanne und Männer weggeholt von der Arbeit, auch Annis Bräutigam, den Schäfer von Zain. Vor dem Abtransport nach Rußland hat er seine Schafe verkauft und ein Testament gemacht, daß der Anni alles gehören soll. Als er noch da war, ist es in Schwaig lustiger zugegangen. Jeden Abend ist er gekommen, zum Essen, zum Sitzen in der Laube. Der Vater hat Gitarre gespielt und auf der kleinen

Mundharmonika geblasen, die an einem langen Bügel an der Gitarre befestigt ist. Anni hat mit dem Holzlöffel auf dem Besenstiel den Takt geklopft, und der Schäfer hat mit seiner schönen Stimme dazu gesungen. Die Texte seiner Lieder hat sie mit ihrer spitzen exakten Sütterlinschrift in ein Schulheft geschrieben. Ihm zuliebe hat sie ein paar Akkorde auf der Gitarre gelernt, grade soviel, daß sie ihn beim Singen begleiten konnte. Jetzt kann sie das nicht mehr, behauptet sie, die Arbeit hat ihr die Finger steif gemacht. Ich halte ihr Nicht-mehr-Spielen für einen Ausdruck von Trauer, die sie mit Worten nicht sagen kann.

Seit Monaten hat der Schäfer nicht mehr geschrieben. Ich frage sie, ob sie Sehnsucht nach ihm hätte, und merke, daß das Wort ihr zu groß ist. Zeitlang, ja, Zeitlang hat sie wohl nach ihm, aber nur, wenn die Arbeit ausgeht, und das kommt am Tage nicht vor, und bei der Nacht schläft sie. Im Traum kommt er manchmal ans Fenster und fragt nach den Schafen, ob die Muttertiere geworfen hätten und wie sie zurechtkämen mit dem Scheren der Wolle. Anni möchte ihm klarmachen, daß die Schafe nicht mehr da sind, aber sie kann es nicht sagen. Mit versiegelten Lippen liegt sie unter seinem Blick, der durch das Fliegengitter auf sie niedergeht, und einmal ist ihm etwas aus den Augen gelaufen, Tränen oder Blut.

Wenn es Zeit zum Rübenpflanzen ist, und der Vater in der Herrnberger Ökonomie arbeiten muß, spannt sie selbst die Arbeitskuh an und zieht mit dem Pflug Rillen in ein Handtuch von Acker. Dann geht sie mit einer Kiste vor dem Bauch die Zeilen entlang und legt in Abständen Häufchen von Pflanzen aus. In zwei nebeneinander verlaufenden Zeilen arbeiten wir mit dem Pflanzholz voran: Löcher bohren, mit der Rechten das Wurzelende der Pflänzchen hineinhalten, mit der Linken die ausgeworfene Erde ins Loch schieben und andrücken, nicht zu fest, die Wurzeln müssen Platz haben, fest genug, daß sie stehen können. Sie macht das sehr schnell, mit einer einzigen runden, ununterbrochenen Bewegung. Ihre Pflanzen stehen aufrecht und in gleichen Abständen, meine kippen manchmal um oder verschwinden bis zu den Blättern in der Erde. Ich merke es beim Vergleichen, schäme mich, gebe mir Mühe, bleibe zurück. Dann arbeitet sie langsamer, bis ich wieder neben ihr bin. So sagt sie mir, daß sie mich mag.

Ich frage, warum sie beim Pflanzen nicht in die Hocke oder auf die Knie geht, was ich weniger mühsam finde. Sie bleibt immer auf den Beinen, auch wenn sie am Boden arbeitet. Stundenlang kann sie, Hintern hoch, Kopf vor den Knien, Hände in der Erde, voranarbeiten. Daß das Bücken anstrengender sei als das Hocken oder Knien bestreitet sie nicht, grinst nur, zuckt die Achseln. Ich habe den Eindruck, daß sie das Hocken oder Knien übertrieben findet. Kinder hocken beim Spielen. Feiertags wird in der Kirche gekniet. Bei der Arbeit bückt sich der Mensch. Wenn sie sich am Ende der Zeile aufrichtet, stöhnt sie ein bißchen und stemmt die Hände in die Hüften, bis das Rückgrat sich wieder ans Aufrechte gewöhnt hat.

Beim Heueinfahren gehen der Vater und Anni neben dem Wagen und stemmen mit der Gabel die Heubauschen hoch. Die Tanten ziehen mit dem Rechen nach. Die Mutter hockt auf dem Wagen, nimmt mit ausgebreiteten Armen die Bauschen von der Gabel und packt sie rundum, wobei sie mit gellender Stimme kommandiert: Auf d' Seiten! In d' Mitt! Auflegn! Vorfahrn! Anni hat es schwerer als der hochgewachsene Vater, weil sie klein ist und beim Hochstemmen einen größeren Abstand überwinden muß. Sie fährt mit der Gabel unter der Zeile am Boden entlang und schiebt das Heu zu einem dichten Haufen zusammen. Dann sticht sie, vorwärtsschreitend, mehrmals von oben ein, bis sie einen festen Bauschen zusammen hat, mindestens ebenso groß wie der des Vaters. Mit einem Ruck aus dem Unterleib stemmt sie ihn in die Arme der Mutter. Lockeres Heu zerren die Tanten mit dem Rechen herunter und befördern es zum

33

Ende der Zeile. Wenn die Mutter Vorfahrn! ruft, greift der Vater die Arbeitskuh beim Geschirr und zieht sie ein paar Meter voran. Geh schon, Alte! sagt er und: Haaalt!

Ich gehe hinter dem Wagen und scharre übriggebliebene Halme zusammen. Wenn die Ladung sich zur Seite neigt, klettert Anni über die Deichsel hoch und packt die Bauschen um, bis das Gleichgewicht wiederhergestellt ist. Beim Einfahren darf ich mit der Mutter oben im Heu sitzen. Anni hält mir die verschränkten Hände hin und ich trete barfuß hinein, damit sie mich hochschnellen kann. Die Schaukelfahrt im warmen, trockenen Heu, Himmel im Blick, sonst nichts, erinnert mich an Kinderträume, in denen mein Bett zum Fenster hinaus und weit über das Land flog, das ich, geborgen im warmen Kissennest, über den Bettrand hinweg anschauen konnte. Neben der Anni bin ich ein Kind, obwohl ich kaum jünger bin als sie, aber eben ein Lebemensch, kein Arbeitsmensch. Das sagt sie nie, sorgt nur dafür, daß für mich immer die leichten Arbeiten bleiben oder die, bei denen sie mir helfen kann. Sie weiß, obwohl ich mir Mühe gebe, es zu verbergen, daß das Durchhalten mir schwerfällt. Wie ein unerfahrener Bergsteiger stürme ich los, aber bald, eher noch als die Müdigkeit, kommt der Überdruß an der ewig gleichen Bewegung, an den immer länger sich streckenden Zeilen. Ich sehne das Ende herbei, träume von der Rast im Schatten.

Für Anni gibt es kein Ende. Das Leben ist Arbeit. Ist die eine getan, fängt die nächste an, langsam, stetig, ohne Hast, ohne Rast. Wenn sie Pausen einlegt, tut sie es mir zuliebe. Die Tanten sind anders, immer im Wettbewerb. Beim Heuwenden eilen sie vorwärts bis zum Ende der Zeile, dort schauen sie sich um und messen mit zufriedenen Blicken den Abstand zu mir, der ihnen beweist, daß sie trotz Alter besser als andere und zu etwas nütze sind.

Wenn die Himbeeren reif sind, geht Anni mit mir in den Wald. Einen Strick um den Bauch, an dem die Milchkanne hängt, streifen wir durch das Fichtendickicht zu den guten Stellen, die nur sie kennt. Beim Suchen und Pflücken führen wir lange Gespräche über das Wetter, die Leute und wie es früher war. Unsere Stimmen knüpfen ein Netz, in dem das Leben des Tals, Vergangenes und Gegenwärtiges eingefangen ist. Immer bin ich es, die den Faden aufnimmt. Mein Fragen und Zuhören, Staunen und Zweifeln zieht ihn aus ihr heraus. Mit den Hiesigen redet sie nie auf diese Weise, es würde auch keiner zuhören, weil denen alles, was ein Hiesiger erzählen kann, längst bekannt ist.

Ich möchte glauben, daß mein Fragen und Zuhören ihr etwas gegeben hat, was sie von niemandem sonst bekommen konnte. Wenn das wirklich so wäre, hätte ich auch einen Teil zu dieser Freundschaft beigetragen, wenig genug, gemessen an dem, was sie für mich getan hat. Vom Krieg, von der Flucht, von dem Schrecklichen, das ich erlebt hatte, sprachen wir nie. Mit der Zeit verblaßten die Bilder, das Zittern und Jammern verlor sich. Nur im Traum fielen noch Bomben, schrien die Verschütteten unter dem Bahndamm. Dann kam Anni im Nachthemd an mein Bett in der Apfelkammer und saß auf der Kante, bis es vorbei war.

Bei dem Quartier für eine Nacht, das der Oberst beim Eintritt verlangt hatte, ist es nicht geblieben. Wochen wurden daraus, für mich ein ganzer Sommer. Den Oberst haben sie in der Schlafkammer der Eltern untergebracht. Die Eltern sind nach unten gezogen, ins Stübel neben der Küche. Der Bursche Wenzel hat sein Lager in der Werkstatt aufgeschlagen. Nur der Fahrer verdrückte sich schon am nächsten Morgen, nachdem er geholfen hatte, den BMW des Oberst im Vorjahrsheu zu verstecken. Für mich haben sie die Apfelkammer hergerichtet, einen schmalen Raum neben dem Heuboden, in dem die letzten Winteräpfel, duftend zwischen Reife und Fäulnis, auf Packpapier ausgelegt waren. Wenn ich die Augen aufschlage, sehe ich den Himmel durch die Scheibengardinen. Neben dem Fenster steht eine zierliche Vitrine aus Kirschbaumholz, zu zart, zu preziös für die rohen Dielen, die bucklige Wand, für die Gläser mit Eingemachtem hinter der Scheibe. Die Vitrine hätte früher ganz andere Dinge verwahrt, sagt Anni, feine Leibwäsche mit Lavendelsträußchen dazwischen, Seidenstrümpfe, geschliffene Fläschchen mit Duftwasser, drüben in Lindach, als der Herr Baron mit der gnädigen Frau und

37

dem Fräulein Elsabeth dort sein andersartiges Leben führte, leider nicht lang, ein knappes Jahrzehnt, unvergeßlich für die, die dabei zuschauen durften.

Andachtsvoll nehmen sie beim Erzählen ungewohnte Worte in den Mund: Abendkonzert, Geburtstagsfeier, Seereise, Migräne. Im gleichen Ton liest Anni am Abend den Fortsetzungsroman aus dem Landboten vor, wie Liebe und Schicksal in Gestalt eines jungen Herrn Grafen zu dem einfachen Landmädchen kommen und allerlei Unheil anrichten, bis schließlich durch Heirat und Happy-End die Treue belohnt wird. Hör doch auf mit dem Kitsch! möchte ich sagen, aber das geht nicht, weil Liebe im Spiel ist, ähnlich dem Gefühl, das sie den schönen Engeln und Heiligen in der Herrnberger Kirche entgegenbringen, und ein Stolz auf den Beistand, den sie den Herrschaften von Lindach zuteil werden ließen. Die Augen werden ihnen feucht, wenn sie von dem traurigen Ende dieser Zeit erzählen. Da hat der Herr Baron persönlich die Vitrine, gefüllt mit Spitzengardinen und feiner Bettwäsche, im Pferdewagen nach Schwaig gefahren, als Gegenwert für erwiesene Gefälligkeiten, die er mit Geld nicht mehr bezahlen konnte. Kurz darauf hat er zuerst seinem schwarzen Roß, dann sich selbst eine Kugel durch den Kopf geschossen, ganz vorn im Lindacher

Holz, in dem Fichtenkarree, das sie als Reitplatz benutzten.

Von weither waren die Fremden gekommen, aus einem Land namens Baltikum, in dem die Anwesen Güter heißen und so gewaltig groß sind, daß man den ganzen Tag auf dem eigenen Grund reiten kann, ohne einem Grenzstein zu begegnen. Auch hier unten im Tal ist der Herr Baron geritten, jeden Tag nach dem Frühstück, nur daß es nicht der eigene Grund war – die fünfzig Tagwerk von Lindach waren schnell ausgeritten – aber so wie er zu Pferde saß, aufrecht und doch lässig mit der schwarzen steifen Kappe, den schwarzen hohen Stiefeln auf dem hohen schwarzen Roß, war es doch wie sein Grund und die Bauern auf den Feldern seine Bauern, die er schon von weitem grüßte, indem er die Kappe zog und dröhnend Guten Morgen, Leute! rief.

Mit der Landwirtschaft hat er sich nicht befaßt, das hätte einem Herrn, wie er einer war, schlecht angestanden. Die Arbeit taten die Verwalter, drei in fünf Jahren, und mit jedem hat der Herr Baron sich prächtig verstanden bis auf eine Kleinigkeit, die die Verwalter nicht einsehen wollten: daß ein Herr wie der Herr Baron von Zeit zu Zeit verreisen muß mit der gnädigen Frau und dem Fräulein Elsabeth und dazu Geld braucht, viel Geld, soviel, wie eben in der Kasse war. Damit fuhren sie in die großen Städte, ins Ausland, sogar übers Meer, und wenn sie zurückkamen, waren ihre Taschen leer. Dann gab es in Lindach trockenes Brot mit Marmelade und Quark von Silberplatten und feinem Porzellan. Diese Äußerlichkeiten könnten ihnen nichts anhaben, sagten sie, und die gnädige Frau zog sich in ihr Damenzimmer zurück, um Bücher für gebildete junge Mädchen und Beiträge für Damenzeitschriften zu schreiben.

Nach den Reisen pflegten sie bei den Nachbarn Besuche zu machen, und wenn sie so heiter und gar nicht ein bißchen stolz, aber fein, wie nur sie fein sein konnten, auf den Küchenstühlen saßen, die man nicht einmal vorher mit dem Handtuch abwischen durfte, wenn sie sich für alles interessierten, für Frauenbeschwerden und die Gicht der Alten und die krummen Beine der Kinder, ergab es sich ganz von selbst, daß man ihnen mit diesem oder jenem aus einer augenblicklichen Verlegenheit half. Man durfte sogar ein wenig über ihre Unwissenheit, ihren kindlichen Leichtsinn lachen und sich in den Dingen des Lebens überlegen fühlen. Sie machten sich ja selbst lustig darüber. Die gnädige Frau lachte perlende Koloraturen über das, was sie Verrücktheiten oder Capricen nannte. In Wirklichkeit waren doch sie es, die Geschenke austeilten: Täßchen aus hauchdünnem Porzellan, Sonnenschirme, Fächer, Hüte mit Schleiern, später auch edle wenn auch lädierte Möbelstücke. Die gnädige Frau hatte eine lange Perlenkette auf dem mächtigen Busen und auf dem Haar einen geschwungenen Strohhut, der ihr weißes Gesicht vor der Sonne schützte.

Das Fräulein Elsabeth trug das rötliche Haar offen, mit einem Samtband nach hinten gebunden. Ihre Hände waren von einem weichen Fleisch bedeckt, das Grübchen hatte, wo bei anderen die Knöchel hervortreten. Die Haut war rosig wie die der neugeborenen Ferkel. Manchmal am Nachmittag, wenn auf dem Feld keine Arbeit war, durfte Anni nach Lindach hinübergehen und mit dem Fräulein Elsabeth spielen. Im Gebetbuch zwischen Heiligenbildchen und getrockneten Blumen verwahrt sie ein Foto, auf dem die beiden Kinder Pferdchen spielen. Das große dickliche Mädchen mit Korkenzieherlocken hält Bindfadenzügel und Peitsche, daneben Anni mit Zöpfen, Röckchen bis über die Knie, Schürze darüber, Bindfadenenden um die Oberarme gebunden, so steht sie auf dünnen Beinchen, wie der Herr Baron mit der Kamera sie hingestellt und wahrscheinlich dabei gesagt hat: nun lacht mal schön! Aber Annis Gesicht ist ernst und alt. Lachen kann nur die andere.

Ich mag das Foto nicht, weil das große Mädchen wie eine eingebildete Gans aussieht und Anni wie ein verscheuchtes Mäuschen. Aber das läßt

41

sie nicht gelten. Sie ist gern nach Lindach gegangen, sagt sie, hat sich tagelang drauf gefreut, weil das Fräulein schöne Spielsachen hatte und einen Kopf, dem immer neue, lustige Spiele einfielen. Schlimm sei nur gewesen, daß sie die Ältere war und auf die andere aufpassen mußte. So hatte es die gnädige Frau bestimmt, als sie kurz nach dem Einzug in Lindach mit ihrer Tochter nach Schwaig herüberkam, die Hände der Kinder zusammengab, ihre zarte, weiße, mit Ringen geschmückte Hand darüberlegte und sagte, sie sollten Freundinnen sein.

Einmal, das ist auch im Mai gewesen, zur Zeit der Schneeschmelze und die Au voll Wasser, haben sie mit dem morschen alten Fischerkahn, der jahrelang zwischen den Büschen am Ufer herumlag, Arche Noah gespielt. Anni hat den alten Topf holen müssen, um das Wasser auszuschöpfen, und Elsabeth hat nach Tieren gesucht, um sie vor der Sintflut zu retten, aber als sie schließlich einen Frosch fand, hat sie ihn vor lauter Grausen nicht in der Hand halten können. Anni ist ihr zu Hilfe gekommen und hinter dem davonhüpfenden Frosch hergesprungen, und als sie ihn endlich erwischt hatte, kam von weither Elsabeths Stimme: Ellebätz, ich fahre und du darfst nicht mitfahren. Vor Schreck ließ Anni den Frosch fallen und sah durch eine Lücke zwischen den Büschen, wie der

42

Kahn, von Elsabeth mit dem Ruder abgestoßen, ins Offene glitt, sich drehte, von der Strömung ergriffen wurde, und schon ging's dahin.

Gelaufen ist sie, was sie hat laufen können, immer am Ufer entlang auf dem Fischerweg. Wenn keine Büsche dazwischen waren, hat Elsabeth ihr zugewinkt und gelacht. Dann ist ihr die Luft ausgegangen vor lauter Herumwerken mit dem Ruder, um aus der Strömung heraus und ans Ufer zu kommen. Aber die hatte ja keine Kraft, woher auch? die hat ja nie eine Arbeit angepackt mit ihren rosigen Händchen. Beim Laufen am Ufer entlang hat Anni zu weinen angefangen. Was meinst du denn, was die gnädige Frau gesagt hätte, wenn ich ohne Elsabeth heimgekommen wäre als die Ältere, die auf die Jüngere aufpassen sollte? aber wie kann man auf jemanden aufpassen, der sich vor nichts fürchtet und das Gehorchen nicht gelernt hat.

Immer schneller ist Anni gelaufen, und an der Biegung hat sie ein Stück abschneiden können, so daß sie eine ganze Weile früher an der Fähre war als der Kahn. Sie ist ins Fährboot gesprungen, hat die Kette losgemacht und sich bis zur Mitte des Flusses treiben lassen. Dann hat sie das Steuer grade gestellt und gewartet, bis der Kahn nah genug war, daß sie ihn mit dem Hakelstecken packen und näher ziehen konnte. Spring! hat sie dem Mädchen zugerufen, und dann ist sie um ein Haar noch selbst ins Wasser gefallen, weil die andere sich beim Springen gradezu auf sie gestürzt hat, aber hinterher hat Elsabeth wieder das große Wort gehabt: das Fährboot sei gar nicht nötig gewesen, sie hätte es auch allein geschafft.

Später, als das Fräulein auswärts zur Schule ging, ist Anni nicht mehr so oft nach Lindach gekommen, höchstens zum Helfen, wenn Gäste da waren. Dann wurde der Flügel im Salon geöffnet, das samtene Tuch von den Tasten genommen und ein berühmter Künstler spielte darauf ein Konzert. Im Garten klangen die Gläser, und der Herr Baron sang mit seiner gewaltigen Stimme Lieder aus seiner Heimat, die je später es wurde, je mehr er trank, um so trauriger klangen. Beim Weggehen hat die gnädige Frau ihr immer etwas geschenkt, Geld, wenn Geld da war, sonst Bücher. Anni hätte einen Kopf zum Lernen, hat sie gesagt, anders als Elsabeth, die nur Dummheiten im Kopf hätte.

Die gnädige Frau hat sie nie Anni genannt, sondern Änn, auf eine seltsame Weise ausgesprochen, fast wie gesungen. Anni hat den Ton dieses Änn noch im Ohr und versucht es nachzusprechen, mehrmals, bis ich ihr ungeduldig dazwischenfahre, daß dieses Änn nichts Besonderes sei, sondern einfach englisch, eine fremde Sprache, die diese Dame benutzt hätte, um sich aufzuspielen. Erstaunt schaut Anni mich an und weiß wahrscheinlich eher als ich, daß Eifersucht im Spiel ist. Als könnten diese dämliche gnädige Frau und ihre fette Tochter, die längst vor meiner Zeit da waren, mir etwas von meiner Anni wegnehmen. Wenn dir »Änn« so gut gefällt, kann ich dich ja auch so nennen, sage ich, und: wenn ich mit dir gespielt hätte, als du klein warst, wäre ich das Pferdchen gewesen und du hättest der Kutscher sein dürfen. Aber sie will von mir nicht Änn genannt werden, und die Zeit zum Spielen ist längst vorbei.

Die Geschichte vom feinen Leben geht weiter und handelt nun von der Liebe, die zwischen dem Fräulein Elsabeth und dem jungen Herrnberger war, dem einzigen Sohn und Erben des alten Herrnbergers, der damals noch Besitzer vom Herrnberger Hofgut, Brauerei, Bräustube und einem Dutzend Gasthöfen in der Umgegend war. Die Liebe fand in den Schulferien statt und meist bei der Nacht. Weil der junge Herrnberger die Fährglocke und das Gerede scheute, schwamm er nackt, die Kleider im Zeltsack auf dem Rücken, über den Fluß und traf Elsabeth unter der Zainer Linde, die damals noch nicht vom Blitz geköpft war. Arm in Arm gingen sie hinunter zum Fluß und verschwanden im Auwald. Anni hat sie gesehen vom Kammerfenster aus, aber keinem Menschen etwas davon erzählt, weil Elsabeth ihre Freundin war, auch wenn sie zu dieser Zeit nicht mehr viel mit-

45

einander zu tun hatten. Der junge Herrnberger muß sich selbst verraten haben in seiner Verliebtheit, jedenfalls hat der Alte den Sohn kurz darauf ins Ausland expediert, angeblich, damit er lernte, wie woanders das Bier gebraut wird, und das Fräulein Elsabeth hat in den nächsten Ferien allein spazierengehen müssen, mit ihrem weißen Kleid und dem seit kurzem hochgesteckten Haar. Und als sie zum letzten Mal ging, den Fluß hinauf bis nach Fischau und durch das Lindacher Holz zurück, hat sie ihren Vater neben dem schwarzen Roß im Fichtenkarree gefunden, beide tot.

Das war vor dem Krieg, als die Nazis schon da waren, die der Herr Baron nicht leiden konnte, was er in seinem herrschaftlichen Leichtsinn überall hinausposaunte. Mag sein, daß irgend jemand ihn angezeigt hat, daß sein Ende auch damit zu tun hatte, nicht nur mit den Schulden, aber von den Leuten im Tal ist es sicher keiner gewesen. Kurz darauf ist Lindach mit allem Inventar verkauft worden, zuerst an den Viehzuchtverband, dann an den Herrn Stämmle, der zwar Geld hat, aber, verglichen mit dem Herrn Baron, ein Grattler ist, und die junge Person, die er manchmal mitbringt, verglichen mit der gnädigen Frau, eine Schlampe.

Beim Abschied der beiden Frauen haben alle geweint. Briefe wollten sie schreiben und zu Besuch kommen, wenn sie erst einen Platz zum Leben gefunden hätten. Das Fräulein Elsabeth hat schluchzend zu Anni gesagt: wenn ich heirate, mußt du bei mir Köchin werden, versprichst du mir das? Anni hat es versprochen. Es ist aber nie ein Brief gekommen, auch keine Heiratsanzeige, und als der junge Herrnberger vom Ausland zurückkam, hat er sich eine andere Frau mitgebracht.

Noch jahrelang hat Anni aus Zeitschriften und Kalendern feine Kochrezepte herausgeschrieben, die sie zu Hause nicht ausprobieren konnte, weil der Vater nur immer das gleiche essen wollte: Knödel und Fleisch mittags und Roggennudeln am Abend. Wenn die Fährglocke läutete oder ein Auto in den Hof fuhr, hat es ihr einen Stich gegeben: das könnten sie sein! Aber sie sind nie wiedergekommen, und das war auch gut so, weil der Vater sie doch nicht von zu Hause hätte weggehen lassen.

In Schwaig hat sie kein Spielzeug gehabt. Wenn der Vater ihr etwas machte, war es immer ein kleines Gerät oder Werkzeug: Reisigbesen, Dreschflegel, Kochlöffel, Quirl. Drei Jahre war sie alt, sagt die Mutter, als er ihr den ersten Heurechen schnitzte. Überglücklich ist sie beim Wenden mit den Großen in der Zeile gegangen, und wenn sie mit ihren winzigen Beinen nicht mitkam, hat sie

47

das Laufen angefangen, weil sie nicht zurückbleiben wollte. Einmal ist sie beim Heueinfahren oben auf dem Wagen eingeschlafen, so fertig war sie. Erst als die kalte Gabel ihr Bein berührte, ist sie aufgewacht und wie der Blitz herunter vom Wagen und hinauf auf den Stock, um den Tanten beim Heutreten zu helfen. So eine ist sie gewesen, von klein auf, sagt die Mutter, kein Lebemensch, sondern ein Arbeitsmensch.

Wenn der Vater zu Hause war, abends nach der Arbeit in der Herrnberger Ökonomie oder im Winter, ist sie immer hinter ihm hergelaufen und hat zugeschaut, was er macht: Zimmern, Dachdecken, Wandkälken, Mauern, Sensen- und Messerschleifen, Holzmachen im Wald und Sägen und Hacken, im Winter Heurechen und Holzschuhe schnitzen und Lederschuhe flicken. Wenn sie dann lange genug zugeschaut und alles begriffen hatte, hat sie ihm den Handlanger gemacht, so geschickt, daß er nichts mehr sagen mußte, weil sie alles schon vorher wußte.

Das Mähen mit Sense und Sichel hat sie bald so gut gekonnt, daß er ihr das Eingrasen in der Frühe überlassen konnte, und bei der Heuernte, wo das Gras damals noch mit der Sense geschnitten wurde, haben sie immer zu zweit gemäht, der große hagere Mann und das Kind, das damals noch dünn wie ein Stecken war, sagt die Mutter, so daß man dachte, die Sense gehe mit dem Kind statt das Kind mit der Sense. Aber zurückgeblieben ist sie nicht, und wenn der Vater nach Herrnberg mußte, hat sie allein weitergemacht.

Weil sie für Männer- und Frauenarbeit geschickt war, hat man sie zu den Nachbarn auf Arbeit schicken können, nicht nur zur Ernte, zum Dreschen, zum Steine- und Kartoffelklauben, sondern auch zur Unterstützung der Bäuerin in Stall und Küche, zum Brotbacken, Wurstmachen, Kalbziehen, sogar zur Hilfe bei Entbindungen und zur Pflege an Wochen- und Krankenbetten. Dr. Fröschl hat ihr sogar erlaubt, Spritzen und Egel zu setzen. So eine ruhige, sichere, schnelle Hand gibt es nicht zweimal! hat er gesagt. Auf eigene Kosten hätte er sie zur Arzthelferin ausbilden lassen, aber dazu hätte sie von daheim weggemußt, und das konnte nicht sein, weil sie die einzige Tochter war für das Haus, das Sach und die Nachkommenschaft.

Für das Arbeiten bei den Nachbarn bekam sie das Essen und für daheim Getreide, Stroh, Kartoffeln, manchmal auch gebrauchtes Gewand oder etwas für die Aussteuer, kein Bargeld. Was hätte sie auch damit anfangen sollen? Ins Dorf kam sie nie, außer zur Schule. Zum Essen hatten sie alles, was nötig war, natürlich keinen Luxus wie Erdbeeren im Winter oder Orangen, aber was sie nicht von den Kühen, vom Schwein, von den Hühnern,

vom Feld, aus dem Garten und aus dem Wald
hatten, tauschten sie bei den Nachbarn gegen Arbeit. Bargeld brachte nur der Vater heim. Viel war
das nicht, weil ihm ein Teil seines Lohnes in Bierzeichen ausgezahlt wurde. Aber man brauchte
auch nicht viel, zum Beispiel keine Schuhe bis in
den Winter hinein. Erst wenn der erste Schnee fiel,
kamen die Holzschuhe dran. Das erste Paar Lederschuhe hat Anni zur Firmung bekommen.

Der Vater ist immer gut zu ihr gewesen, sagt sie.
Manchmal hat er ihr Dinge mitgebracht, die er auf
dem Fußweg nach Herrnberg und zurück gefunden hatte: Schneckenhäuser und seltsam geformte
Wurzeln, einmal sogar eine lebendige Grille. Geschlagen hat er sie nur, als sie nicht zur Schule
gehen wollte, und das hat er nicht gern getan. Es
war in den ersten Wochen der Schulzeit, und sie
war noch nie allein im Dorf gewesen. Er fuhr sie
mit der Fähre über den Fluß und ging mit bis zum
Buchenwald. Von dort sollte sie allein weitergehen, aber das konnte sie nicht. So sehr sie sich
auch bemühte, irgendeine Kraft in ihr drehte sich
um, sobald der Waldschatten über sie fiel, und
trieb sie, dem sich entfernenden Vater nachzulau-
fen, obwohl sie doch wußte, daß er sie schlagen
würde. Das Schlagen sei ihr immer noch lieber
gewesen als das Alleingehen. Den Hütestecken
hatte er dabei, damit hat er sie so lange verdro-

schen, bis sie gehorchte und langsam davonschlich. Das ging so drei, vier Mal, und danach war sie so zerschunden, daß sie kaum laufen konnte.

Später ist sie dann doch ohne Schläge gegangen und hat dabei laut den Rosenkranz vor sich hingesagt, aber trotz Beten ist ihr der Weg immer ein Schrecken gewesen, vor allem im Winter, wenn es morgens noch dunkel war. Das letzte Stück, am Friedhof vorbei, war das schlimmste, und einmal hat sie im Schein der Allerseelenlichter die Toten auf ihren Gräbern sitzen sehen. Sie haben die Arme ausgestreckt, als wollten sie sie holen. Dieses Stück Weg ist sie immer gelaufen, ohne einmal zu verschnaufen, ohne links und rechts zu schauen die Herrnberger Leite entlang und an der Sägemühle vorbei bis vor die Schule, die um diese Zeit noch verschlossen war. Obwohl sie den längsten Schulweg von allen hatte, ist sie immer die erste an der Schultür gewesen.

In der Schule haben sie aufrecht sitzen müssen, die Hände mit dem Rücken nach oben auf dem Pult. So haben die Hände immer liegen müssen, außer beim Schreiben und Beten, ganz flach und still, nicht zucken, nicht hinter dem Rücken verschwinden, wenn es Tatzen gab. Aber Tatzen haben nur die Buben bekommen. Anni war eine von den Braven, eine gute Schülerin, leider etwas still, sagte der Lehrer, sie solle sich lebhafter am Unterricht beteiligen. Dabei hat sie sich immer gemeldet, wenn sie etwas wußte, allerdings nicht wie die anderen, die Bürgerkinder aus dem Dorf, die laut mit den Fingern schnippten und schnalzten, sondern so wie der Lehrer gesagt hatte: den ausgestreckten Zeigefinger in die Höhe des rechten Ohrläppchens. Das hat er wohl nicht gesehen.

Zur Erntezeit brauchten die Kinder, die daheim auf dem Feld arbeiten mußten, nicht zur Schule zu gehen, dafür sonntags nach der Messe in die Sonntagsschule. Dorthin sei sie lieber gegangen als in die richtige Schule. Der Weg zur Herrnberger Kirche hinauf sei auch nicht so weit gewesen und sie hätte ihn nicht allein gehen müssen.

Am Ende der Schulzeit hat der Lehrer ihr empfohlen, etwas zu lernen, Haushalt oder Verkäuferin oder Büro. Sie hat eine saubere Handschrift gehabt, und beim Lesen ist sie eine der Besten gewesen, so daß sie manchmal hat vorlesen und zu Schulfeiern Gedichte aufsagen dürfen. Dem Vater hat sie nichts von dem gesagt, was der Lehrer empfohlen hatte, weil sie schon wußte, daß er es nicht erlauben würde.

Aber einmal hat sie doch weggedurft, wenn auch nur für ein paar Wochen. Mit anderen Burschen und Mädchen ist sie mit dem Zug nach Niederbayern gefahren, um das Zaunflechten zu erlernen, eine Fertigkeit, mit der sie sich im Tal

nützlich machen konnte, weil jedes Frühjahr die
Weidezäune repariert werden müssen. Sie ist auf
einem Hof gewesen, der größer war als alles, was
sie im Tal kennengelernt hatte. Anfangs hat sie viel
Zeitlang nach daheim gehabt und nachts in den
Strohsack geweint, aber dann hat es ihr doch gefallen, weil es allerhand Gaudi gegeben hat, soviel
Burschen und Dirndl beieinander. Nach der Arbeit haben sie gesungen und Spiele gemacht:
Schinkenklopfen, Fingerhakeln und Pfänderspiele
mit allerhand witzigen Aufgaben.

Die Arbeit ist ihr gut von der Hand gegangen.
Die Wirtsleute hätten sie gern dabehalten, vielleicht sogar für immer als Schwiegertochter, weil
sie auch für andere Arbeiten geschickt war, und
der Sohn, der das Sach einmal erben sollte, hätte
sie gern gesehen. Die Leute haben so lange ge-
peltzt und gebettelt, daß sie länger geblieben ist
als die anderen. Aber eines Tages, als sie auf dem
Feld beim Zaunflechten waren, hat sie den Vater
über den Feldweg kommen sehen und gleich gewußt, daß es nun aus und vorbei ist mit dem Dableiben und Heiraten. Sie ist bei der Arbeit geblieben, bis die Essensglocke läutete, und beim Heimgehen hat sie den Vater in der Stube sitzen sehen.
Da war schon alles ausgeredet und ihre Sachen
zusammengepackt. Mit dem Milchwagen sind sie
zur Station gefahren und dann in den Zug und

53

heim. Sie hat Angst gehabt, daß der Vater sie schimpfen würde, aber das hat er nicht getan, so froh war er, sie wieder daheim zu haben.

Danach hätte sie noch mehrmals heiraten können, aber immer waren es solche mit einem eigenen Sach, wo sie von daheim weggemußt hätte. Auf einer Bauernhochzeit hat sie einen Österreicher kennengelernt, der daheim eine große Gastwirtschaft hatte, dort hätte sie Wirtin sein können mit Personal unter sich. Er ist mehrmals gekommen und hat mit dem Vater gesprochen. Dann ist er fortgegangen und nie wiedergekommen. Wie die anderen. Erst als der Robert mit seinen Schafen nach Zain kam, das damals zu Lindach gehörte, hat alles gepaßt. Sie hätte daheim bleiben können und den Stall machen, er seine Schafe und mit ihr zusammen die Feldarbeit. Das Geld, das der Vater in Herrnberg verdiente, hätte er durch den Verkauf von Lämmern und Wolle gehabt, so daß er nicht auswärts hätte arbeiten müssen.

Wenn sie von Robert spricht, in einer Möglichkeitsform, die in ihrer Sprache fast gleichlautend mit der zweiten Vergangenheit ist, habe ich den Eindruck, daß auch diese Sache für sie vorbei ist. Wieder ist einer fortgegangen, der nicht zurückkommt.

Das kann doch alles noch werden, sage ich. Der Krieg ist aus. Die Soldaten kommen heim.

Nicht alle! sagt sie.

Sie zeigt mir einen Brief, den sie ans Rote Kreuz geschrieben hat: Bitte um Nachricht über den Pionier Robert Holzschläger ... mit Feldpostnummer und Paßfoto. Sie wird ihn abschicken, wenn die Post wieder funktioniert.

Er sieht nett aus, sage ich. Hast du ihn geliebt? Dann merke ich, daß ich auch in der Vergangenheit gesprochen habe, und setze schnell hinzu: liebst du ihn?

Sie steckt Foto und Brief in den Umschlag zurück und verwahrt ihn im Küchenschrank. Über Liebe spricht sie nicht, höchstens daß dieser und jener nicht unrecht gewesen sei.

Als ich sie einmal frage, ob sie nicht mit uns spazierengehen möchte, nichts als spazierengehen mit mir und dem Lieutenant aus Texas, der manchmal zum Fischen ins Tal kommt, schüttelt sie den Kopf. Wegen Robert? frage ich. Das auch, sagt sie.

Über Liebe haben wir nicht mehr gesprochen, und als es mit dem Lieutenant aus Texas mehr wurde als Spazierengehen, wollte ich nicht, daß Anni davon wüßte. Heimlich, wie das Fräulein Elsabeth und der junge Herrnberger, haben der Lieutenant und ich uns im Auwald getroffen und sind weit weit am Fluß entlanggegangen bis hinter das Kornfeld, nur damit Anni nichts merkte. Aber natürlich hat sie es doch gewußt, und als er selte-

ner kam, hat sie die Bank hinter die Scheunen-
wand getragen, genau an die Stelle, von der aus
man den Hügelkamm und alles was dort entlang
und ins Tal hinabkommt, überblicken kann. Dort
haben wir gesessen und über alles mögliche geredet, nur nicht über die Liebe und nicht über das
Warten auf den Jeep, der manchmal kam, manchmal auch nicht. Wenn er schwarz vor der sinkenden Sonne erschien, ging sie ins Haus, als wäre
ihr grade etwas eingefallen, was sie drinnen tun
müßte. Wenn er nicht kam, blieb sie sitzen, bis die
Sonne hinter den Hügelkamm gerutscht war und
der nasse Nebel um unsere Beine stieg.

Ob sie sich nicht gelangweilt hätte, immer daheim in dieser Abgeschiedenheit, frage ich sie. Wie
sie das ausgehalten hätte, nie wegfahren, nie aus-
gehen ins Kino, zum Tanzen. Keinen Freund haben, keine Freundin, immer nur die Eltern, die
Tanten, lauter alte Leute, das ist doch nichts für
ein Mädchen.

Sie sagt, daß sie ein- oder zweimal auf Hoch-
zeiten gewesen sei und jeden Herbst zum Dreschen auf die anderen Höfe mit anderen jungen
Leuten, da sei es lustig gewesen. Zu Hause hätte es
immer Arbeit gegeben und Leute zu versorgen,
die Eltern, die Tanten, die Nachbarn, die abends
nach Schwaig zum Trinken und Ratschen kamen.
Bier und Limo hätten sie immer auf Vorrat gehabt

und für eine Brotzeit hätte es auch noch gereicht. Als dann im Krieg die jüngeren Leute ausblieben, seien die Polen gekommen, die ja auch Menschen sind mit Hunger und Durst und Zeitlang nach daheim, wenn sie es auch anfangs noch nicht sagen konnten.

Zu der Zeit, als wir kamen, hatten die Polen längst bayerisch gelernt. Jaga und Macziek von Lindach, der hübsche Valenty, Olczak mit Anhang aus dem nahe gelegenen Kriegsgefangenenlager saßen fast jeden Abend in der Schwaiger Küche, sehr zum Mißfallen des Herrn Oberst, der beim Klang einer polnischen Stimme unverzüglich den Raum verließ. Seinem Burschen gab er den dienstlichen Befehl, sich von den Polen fernzuhalten, man wisse ja nie, was dieses Pack im Schilde führe. Wenzel bemühte sich redlich, dem Befehl zu folgen, aber auf die Dauer konnte er das nicht durchhalten. Macziek war gelernter Schreiner wie er. Wenn der Oberst außer Hörweite war, hatten sie allerhand miteinander zu reden und zu tun, besonders, als Macziek für seine bevorstehende Hochzeit ein richtiges Bett zimmern wollte und dazu die Schwaiger Werkstatt und Schwaiger Werkzeuge benutzte, weil die Lindacher Werkstatt inzwischen total leergeräumt war.

Um den Herrn Oberst nicht zu kränken, arbeiteten sie hinter der geschlossenen Tür. Aber als das Wetter warm und das Bett für die Werkstatt zu groß wurde, mußten sie ins Freie, und der Oberst konnte ihnen durch den Fliegendraht seines Schlafkammerfensters beim Arbeiten zusehen. Jedesmal, wenn Wenzel seinem Chef begegnete, hatte er Angst, daß er ihn zur Rede stellen würde, aber der sagte nichts, weder zu Wenzel noch zu Anni, obwohl er doch bemerkt haben muß, daß die polnische Zwangsarbeiterin Jaga ihr Hochzeitskleid aus geklauten Lindacher Gardinen von Anni auf der Nähmaschine nähen ließ.

So still war der Oberst geworden, und in der ersten Zeit ließ er sich kaum unten blicken, außer wenn er zum Scheißen aufs Häusl neben dem Misthaufen mußte. Dabei trug er seinen feinen weinroten Morgenrock aus Frankreich über dem gestreiften Schlafanzug, und Anni sagte: der arme Kerl weiß nicht, was er anziehen soll, Uniform oder Zivil. Als sie das nicht länger mit ansehen konnte, holte sie den Sonntagsanzug des Vaters aus dem Kasten und legte ihn Wenzel über den Arm, als er mit dem Rasierwasser hinaufging. So was zieht der Herr Oberst nicht an! sagte Wenzel. Da grinste sie nur und sagte: Wart's ab!

Der Gefreite Max Kramer gehörte zu denen, die sich gar nicht erst um festes Quartier bemühten, sondern so bald wie möglich wieder abhauen wollten, nach Hause, möglichst ohne in Gefangenschaft zu geraten. Daß er dann doch blieb, hat er Dr. Fröschl zu verdanken, dem Landarzt aus Robend, der seine freie Zeit mit Fischen verbringt, immer an der gleichen Stelle der Altwasserbucht, die sich damals oberhalb der Fähre ins Wiesenland grub. Der hat mich gefangen, sagte Max, als er an einem der nächsten Tage nach Schwaig kam. Zum Beweis zeigte er mir ein Pflaster, das um den hinteren Teil seiner linken Ferse geklebt war: da hat er mich erwischt.

An dem Tag, als er gefangen wurde, hatte Max schon seine Sachen gepackt, um mit den anderen fortzugehen, zu Fuß, weil sie inzwischen erfahren hatten, daß alle Brücken und Kreuzungen von Amis bewacht waren, so daß es sinnlos gewesen wäre, das Auto flottzumachen. Während die anderen in den Wald gingen, um am Vorratswagen Reiseverpflegung zu fassen, wollte Max nur noch schnell zum Fluß hinunter, um sich den Dreck abzuwaschen und das verdammte dicke Fell, das er sich zugelegt hatte, um bei der Wehrmacht zu

59

überleben. Wie eine Gummizelle war es um ihn herum, sperrte ihn ein, ließ nichts durch vom Jubel der Vögel, vom Tanz der Sonnenstrahlen auf dem Wasser, von der Verheißung, die in der Luft dieses Morgens lag. Im grünen Schatten der Weidenbüsche hat er sich die Uniform vom Leib gezogen und die nackte Haut mit der Wurzelbürste bearbeitet, bis sie rot aufflammte, aber das war nur äußerlich, drang nicht durch, erreichte ihn nicht unter den hart gewordenen Schichten von Ekel und Dreck. Es war ihm, als könnte er nie mehr sauber werden. In einer Art Panik stürzte er sich in das eisige Wasser und wäre fast krepiert. Der Herzschlag stockte, die Luft blieb ihm weg. Einen tödlichen Augenblick lang war alles schwarz und aus und vorbei. Dann fuhr der Schmerz in ihn hinein, explodierte, spritzte mit tausend Nadeln von innen gegen die Haut, riß Löcher, fuhr aus tausend winzigen Löchern dampfend aus ihm heraus. Nach Luft schnappend kämpfte er sich zum Ufer, und als er schon die Arme ausstreckte, um sich an einer Wurzel herauszuziehen, stach etwas in seine Ferse, irgendein in den Steinen verhedderter Angelhaken, und als er aufschaute, sah er im Schlamm der Böschung einen fetten Angler sitzen und grinsend sein Rädchen kurbeln.

So hat der Doktor mich gefangen, sagt Max, und als er mich oben hatte mit Schnur und Schwimmer und Haken, hat er sich meinen Fuß auf die weichen Knie gelegt und den Haken herausgeschnitten, flink und geschickt, das muß man ihm lassen, ein scharfer Schmerz, dann Ruhe und unaussprechliches Wohlgefühl.

Während Fröschl ihm die Ferse verpflasterte, hat Max auf dem Rücken im Gras gelegen und nichts als Himmel gesehen, um sich herum das Orgeln der Insekten, ein ohrenbetäubender, sinnverwirrender Lärm, in dem man sein eigenes Wort nicht verstehen konnte. Denn Max hat natürlich reden müssen, Literatur, das sieht ihm ähnlich, so einer kann die Dinge nicht lassen, wie sie sind, muß gleich ein Gedicht draufsetzen, Lyrisches von Bert Brecht, mit dem er sich all die Jahre über Wasser gehalten hatte, nun kam es ihm ganz von selbst auf die Lippen:

Als im dunklen Mutterschoße aufwuchs Baal, war der Himmel schon so groß und hell und fahl, jung und nackt und ungeheuer wunderbar, wie ihn Baal schon liebte, eh Baal war ...

Dabei fühlte er ein Schaukeln an seinem Fuß, das war der Bauch des Doktors, der in einem tonlosen, fetterstickten Gelächter bebte. Als er mit dem Pflastern fertig war, hat er den Fuß behutsam aus seinem weichen Schoß ins weiche Gras gelegt und gesagt: Gestatten, Fröschl, Dr. med., mit einer Stimme wie Flötenton, rund und klar, in einer undefinierbaren Tonlage zwischen Männer- und Frauenstimme.

Max hat sich auf den Ellenbogen aufgerichtet, um seinen Fänger in Augenschein zu nehmen, aber Genaues hat er nicht ausmachen können wegen zuviel Fleisch, haarlos, formlos unter dem Schatten des Strohhutes, wäßriger Schimmer von Augen, feuchtes Mündchen, Doppelkinn, darunter, sich mählich verbreiternd, mangelhaft eingefangen in Knickerbockerhosen, auf kurzen Schenkeln abgelegt der große schlaffe Leib, davor, unpassend in ihrer geschmeidigen Eleganz, die Hände, die soeben einen neuen Köder am Angelhaken befestigten.

Sehr angenehm! sagte Max, und in diesem Augenblick, bei diesem »angenehm«, das sich auf alles bezog, was er um sich sah und hörte und spürte und roch, hat Max sich entschlossen, im Tal zu bleiben.

Obwohl, laut Radio, der Krieg vorbei war und mit ihm das tausendjährige Reich, war Wenzel immer noch der Bursche seines Herrn Oberst, und wenn dieser rief: Wenzel, wo sind meine Stiefel? Wenzel, wo bleibt das Rasierwasser? Wenzel, noch eine Flasche!, nahm Wenzel, wo er ging und stand, im Haus immer auf Socken, die Hacken zusammen, murmelte Zu Befehl!, brachte Stiefel, Rasierwasser, Kognak. Wer oder was er außerdem noch war, zum Beispiel, ob er Wenzel mit Vornamen oder mit Nachnamen hieß, wußte wahrscheinlich nicht mal der Oberst, dessen Bursche er seit Frankreich gewesen war und weiterhin blieb, über die kläglichen Umstände des Kriegsendes hinaus, als sei es die ihm vom Schicksal auferlegte Pflicht, seinen gewesenen Chef mit den zwei linken Händen in den Frieden einzuführen, einen ländlichen Frieden mit allerlei Unannehmlichkeiten wie Betonfederbetten, Berg-und-Tal-Matratzen, Außenklo, Misthaufengestank, Hahnengeschrei in der Frühe und gleich hinter der Türschwelle eine von der Schneeschmelze aufgeweichte, jedes Material durchnässende, Disziplin untergrabende, abscheulich natürliche Natur, die man einem Herrn wie dem Herrn Oberst eigentlich nicht zumuten konnte. Aber der Lauf der Geschichte hatte es so gefügt, und Wenzel fügte sich mit, indem er von dem Augenblick an, als der Oberst sich unter den Schwaiger Türbalken bückte, stillschweigend die Regie übernahm, obwohl er weiterhin Zu Befehl! sagte und die dritte Person Plural gebrauchte.

Verbal lief da gar nichts, und keiner hat was davon gemerkt, am wenigsten der Oberst, aber nachträglich halte ich es für möglich, daß Wenzel schon beim Eintritt, über die eckig wattierte Schulter des

Offiziersmantels hinweg, Anni einen Blick zuge-
worfen hatte, der ihr signalisierte: Nimm ihn nicht
ernst, der bellt nur, der beißt nicht! Später, als der
Oberst sich beim ungewohnten Holzhacken ein
Stück Daumennagel wegschlug, war es zweifellos
Wenzels Einfluß zuzuschreiben, daß die Anni fast
gar nicht lachte, obwohl sie von dem aufsteigen-
den Glucksen fast erstickt wäre, sondern sich ernst
und liebreich über die Siegelringhand beugte und
den angeschlagenen Daumen so zart verarztete,
daß der Oberst danach zu Wenzel sagte: ich glaube, die junge Frau hat ein Faible für mich.

Solche Subtilitäten habe ich in dieser ersten Zeit
noch nicht wahrnehmen können, weil ich zu heftig damit beschäftigt war, meine beiden Ich, das
Kriegs-Ich und das Friedens-Ich, zusammenzubringen. Was zwischen Anni und Wenzel war, ist
mir erst aufgegangen, als ich ihre Hände beim Reparieren des Fährbootes sah, das sie wegen Hoch-
wassers aus dem Fluß gezogen und auf Rund-
hölzern zu einem sonnigen Fleck neben dem Haus
transportiert hatten. Nun waren sie dabei, schad-
hafte Bretter vom Boden auszulösen und neue ein-
zusetzen.

Ich sah sie vom Kammerfenster aus arbeiten,
Wenzel mit Hammer und Nägeln, Anni beim Zu-
reichen, Einpassen, Festhalten, und zwischen ihren Händen lief etwas, was ich nicht nennen konn-

te, weil ich es nie erfahren hatte. Die Hände waren sehr verschieden – die seinen breit und kurz, mit ungewöhnlicher Spannweite wegen der tief angesetzten Daumen, die er weit heraus, fast bis zum Arm hinunterbiegen konnte, mit flachen, unter die verbreiterte Kuppe zurückgestutzten Nägeln, mit hervortretendem Adergeflecht auf dem Rücken und hornigen Polstern im Innern; ihre Hände viel kleiner, mit winzigen stumpfgeschliffenen Nägeln und rauhen Kuppen, die Adern unsichtbar unter der Lederhaut des Rückens, die Finger vom Melken seitlich verbogen, mit muskulösen Verdickungen am Ansatz von Daumen und Zeigefinger. Hände waren es, die von verschiedenen Arbeiten verschieden geformt waren und nun zusammenwirkten in einem Einverständnis, das nicht von weit her aus dem Kopf, sondern aus den Händen selbst zu kommen schien, aus ihren Erfahrungen beim Umgang mit Werkzeug und Material, die in dieser Arbeit zusammentrafen und ihre Bewegungen so präzis ineinanderfügten, daß Aktion und Reaktion, Handwerken und Handlangen zu einem einzigen Vorgang verschmolzen. Worte brauchten sie nicht, auch keinen Blickkontakt. Die Hände hatten ihre eigene Sprache und ihr eigenes Zuhören.

Intelligent und sensibel hantierten sie aus einem gemeinsamen Verständnis, was war, was werden sollte und wie es am zweckmäßigsten auf die vier Akteure zu verteilen sei. Obwohl mancher Handgriff mit Kraft getan werden mußte, sah das Ganze doch leicht aus, fast wie ein Spiel, ein Tanz für vier Hände, und außer Mühe war auch Lust dabei, eine Art von Lust, die mir fremd und beneidenswert vorkam. Gern hätte ich mitgemacht und räusperte mich schon, um zu fragen, ob ich hinunterkommen und helfen sollte, aber als ich meine Hände ansah, die weiß und glatt wie unbeschriebene Blätter an dünnen Gelenken hingen, begriff ich, daß in diesem Zusammenspiel kein Platz für mich war. Abschlagen würden sie mir die Bitte nicht, aber die Choreographie wäre gestört. Ein Provisorium würde an ihre Stelle treten, Schonzeit. Zwei Erwachsene, die sich über den Kopf des eifrigen Kindes zublinzeln: laß es nur machen, wir bringen das schon wieder in Ordnung.

So begriff ich zum ersten Mal, was ich in den Jahrzehnten danach immer wieder begriffen und immer wieder verdrängt habe, daß ich aus dem Wichtigsten ihres Lebens, der Arbeit, ausgeschlossen war. Nicht weil ich keine Übung besaß. Die hätte ich erwerben können. Was mir fehlte, war eine Disposition, die älter war als diese beiden, vom Sach, nicht von Menschen geprägt, durch Generationen vermittelt: ein Sich-fügen unter gegebene Bedingungen, ein eingefleischtes Verständnis von Arbeit als natürlicher Lebensweise, nie beendet, nie belohnt, auf den Bestand des Bestehenden gerichtet über die eigene Lebenszeit hinaus.

Das hätte ich, Stadtkind, Beamtenkind ohne Haus, ohne Vieh, ohne einen Fußbreit eigenen Bodens, nicht mehr lernen können. Für mich hatte die Arbeit einen exotischen Reiz, der den Anfang beflügelte und sich in der Langeweile gleichbleibender Anstrengungen rasch verflüchtigte. Dann mußten andere Reize her, Visionen von interessanteren Beschäftigungen, Körperwünsche nach Rasten im Schatten, Zurücklehnen, Beine ausstrekken, Kühles trinken. Sehnsüchtig arbeitete ich auf das Ende hin, maß mit den Augen immer wieder die zu bewältigende Strecke, die dabei immer länger wurde. Dann kam die Wut, die stoßartigen Anläufe in immer kürzeren Sequenzen, das verbissene Schuften ohne Sinn und Verstand, von Lust ganz zu schweigen.

Wie hab ich gegen die Zähigkeit der Mutter gewütet, wenn sie beim Heutreten im Stock nicht aufhören wollte, immer neue Lagen übereinanderzutürmen, bis sie zwischen Dach und Heu auf dem Bauch kroch in der heißen trockenen Luft, die immer knapper wurde, hustend und spuckend vor Staub und Heuriesel, und noch eine Lage und noch eine, mit dem Leib festgedrückt, wenn zum Treten kein Platz mehr war, die letzte ins Dachgebälk gestopft und hinunter und gleich in den leeren Stock und weiter. Warum zum Teufel mußte der Wagen heut abgeladen werden? Der stand doch unter Dach, konnte gar nichts passieren. Aber nein! Angefangenes wird fertig gemacht, bis der letzte Halm vom Heuboden gekratzt, Heruntergefallenes im Hof aufgesammelt, der Wagen sauber gefegt, die Rechen und Gabeln aufgeräumt sind. Und dann in die Küche, Brotzeit herrichten, während ich mich erschöpft in den Fluß werfe. Dabei muß man wissen, daß sie das Heutreten nicht als Arbeit verstehen, sondern als eine Art Nebenbeschäftigung für Kinder und Alte.

Aber das sind Nachgedanken. Damals dachte ich gar nicht, schaute nur, spürte Unbehagen und einen Stich Eifersucht, weil die beiden, der Wenzel aus Schlesien und die Anni aus Oberbayern, so gut zusammen waren und ich nicht dabei. Als ich allein mit Anni in der Küche war, konnte ich es mir nicht verkneifen zu fragen, ob der Wenzel ihr gefiele, als Mann und überhaupt. Sie lachte mich aus. Wie mir nur so ein Schmarrn einfallen könnte. Aber eins konnte sie mir nicht weglachen: daß zwischen den Händen, ihren und seinen, eine Zärtlichkeit gewesen war, nicht so, daß sie einander gesucht, berührt, gar gestreichelt hätten, aber wie sie aufeinander achteten, wie sie vorausschauend Störendes aus dem Weg räumten und ihre Bewegungen so einrichteten, daß dem andern die Arbeit leicht und angenehm würde, das hatte etwas mit Liebe zu tun.

Als das Boot fertig war, innen und außen geteert und getrocknet, Sitzbretter und Haken am Bug erneuert, transportierten sie es zum Fluß hinunter, und alle, die grade beim Haus waren, gingen mit, auch die billige Elfriede, die Hausiererin, die grade mit dem Fahrrad gekommen war, und Max Kramer und ich und der Oberst, der in seiner Aktentasche eine Flasche Schampus mitführte, mit der er das reparierte Boot auf den Namen »Anni« taufen wollte. Ein wenig oberhalb der Fährhütte ließen sie es über die Böschung ins Wasser gleiten, und als die Strömung es unter das Hüttendach getrieben hatte, befestigten sie die Kette, die von dem flußüberspannenden Drahtseil hinabbaumelte, am Bug und traten zurück, damit Wenzel als erster einsteigen konnte. Der ging in die Hocke, kroch eine Weile auf dem Boden herum und fühlte mit dem Finger nach Feuchtigkeit in den Fugen, aber kein Tröpfchen drang ein. Dann stand er auf, schaukelte breitbeinig, grinste, und der Oberst wollte grade mit seiner kleinen Ansprache beginnen, da sah er die beiden Amerikaner auf der anderen Seite, den Lieutenant und den Sergeant, die ihre dienstfreie Zeit mit Angeln verbrachten, daneben, teils im Gebüsch verborgen, den hübschen

Polen Valenty, der wieder mal von der Arbeit abgehauen war und nun heftig auf den Sergeant ein-
sprach.

Das Flußrauschen nahm den Laut ihrer Stimmen weg, aber der Anblick genügte, um dem
Oberst den Spaß zu verderben. Er stellte die Flasche, die er schon in der Hand hielt, auf dem Boden
ab, drehte sich um und ging, Hände auf dem
Rücken der sackigen Trachtenjacke, zum Haus zurück, ganz allein, während die anderen alle ins
Boot stiegen und schwätzend, lachend, sich schäu-
menden Sekt in den Hals gießend auf die andere
Seite fuhren und wieder zurück, und die ganze Zeit
hielt die billige Elfriede sich mit ihren braunen
Affenpfötchen an Wenzel fest, der das Steuer
führte, schmiegte ihren schlaffen Busen an seinen
Rücken, und als sie wieder am Ufer waren, flüster-
te sie so laut, daß alle es hören mußten: den haltet
euch fest! der ist der richtige Schwiegersohn für
Schwaig. Anni errötete bis ins Stirnhaar. Wenzel
fummelte so lange mit dem Steuer herum, bis alle
ausgestiegen und auf dem Weg waren.

Beim Anblick der lässigen Sieger in Khaki,
Lieutenant und Sergeant, hat der Oberst auf der
anderen Seite bei sich beschlossen, freiwillig in
Gefangenschaft zu gehen, um dem Versteckspiel
ein Ende zu machen und mit gültigen Papieren ins
Zivilleben zurückzukehren. Dabei hatten die bei-

den Angler ihn wahrscheinlich gar nicht bemerkt, so heftig redete der Pole Valenty auf sie ein, so inständig bemühte er sich, den Sergeant, der Peter Podgorsky hieß und einen polnischen Großvater hatte, zu einem Plan zu überreden, den er schon lange im Sinn hatte, aber mit den eigenen Händen nicht ausführen wollte.

Der endgültige Abschied des Herrn Oberst zog sich allerdings noch eine Weile hinaus, eben so lange, bis er sich über die Modalitäten der in Frage kommenden Gefangenenlager und über den Zustand des geschlagenen Vaterlandes informiert hatte.

Die Flußüberfahrt zwischen Schwaig und Kammer stammt aus dem letzten Viertel des vorigen Jahrhunderts. Annis Großvater hat sie beantragt und mit eigenen Händen die beiden Stege und Fährhütten hüben und drüben errichtet. In das Kammerer Steilufer hat er hölzerne Stufen gelegt und ein Geländer entlanggeführt. Das Fährboot erspart den Talbewohnern einen 5-km-Umweg über die Hochfläche zur Robender Brücke ins Dorf und zur Herrnberger Kirche. Es ist fast 4 m lang, flach wie eine Plette, nur vorn und hinten leicht aufgebogen. Der hintere Teil mit den beiden Sitzbrettern ist von einem Geländer umgeben. Eine über den vorderen Teil ragende Stange regiert das Steuerblatt. Wenn das Boot in den richtigen Winkel schräg zum Flußlauf gebracht ist, treibt die Strömung es auf die andere Seite. Das Abtreiben verhindert ein Drahtseil, das über ein Rädchen an einem stärkeren, den Fluß überspannenden Drahtseil entlangläuft. Es wird beim Losfahren an der jeweils der Strömung zugewandten Seite des Bootes befestigt und muß beim Zurückfahren umgehängt werden. Wenn im Sommer das Wasser weniger wird und die Strömung nicht ausreicht, kann man das Boot mit den Händen an einem niedriger geführten Draht hinüberziehen. Von der Treppe drüben über den Fluß und durch den Auwald zum Schwaiger Haus hinauf läuft ein Draht, der, wenn er drüben gezogen wird, eine Glocke über dem Küchenfenster zum Klingen bringt. Dann geht der, der grad Zeit hat, zum Fluß hinunter und besorgt die Überfahrt.

Die Kosten der Anlage hat zum Teil die Post getragen, die auch weiterhin einen jährlichen Betrag für den Transport des Postboten zahlte, der mit dem Fahrrad durch den Hohlweg ins Tal hinunterkam, die Höfe mit Post versorgte und zuletzt in Schwaig Rast machte mit Brotzeit oder, wenn er den richtigen Zeitpunkt erwischte, mit Mittagessen. Wenn er satt und ausgeruht war, lud er sein Rad und die Posttasche auf das Boot, ließ sich nach Kammer überfahren und kehrte durch den Buchenwald nach Robend zurück. Bei den anderen Fährenbenutzern – Schulkinder, Kirchgänger, Fischer, Pilz-, Kräuter- und Beerensammler – durfte kein fester Fährlohn erhoben werden. Was d' gern zahlst! sagte Anni, wenn sie nach dem Preis gefragt wurde. Ich sagte das nicht. Mein Hochdeutsch war nicht geeignet, die liebenswürdige Beiläufigkeit dieses Satzes zu transportieren, und an den Dialekt wagte ich mich nicht heran, heute noch nicht.

Mit mir fuhren die Leute gratis, auch die Soldaten, die aus den Alpen und von Italien heraufkamen, Landstreicher des Krieges, die sich abseits von den bewachten Straßen und Brücken ihre Schleichwege suchten. Sie fragten nach Essen, nach Arbeit, rasteten in der Laube, zahlten für Speis und Trank mit Heldensagen vom Abhauen, Untertauchen, Sichdurchschlagen zwischen den letzten Wehrmachtsstreifen und den ersten Ami-Posten, Geschichten zum Lachen, zum Weinen, zum Fürchten, die gern gehört wurden, weil hier unten im Tal nie was passiert.

Einmal kam eine Gruppe Rheinländer, die zur Begleitung von Mundharmonika, Flöte und geblasenem Kamm Rheinlieder sangen, Märchen aus uralten Zeiten, trink trink Brüderlein trink, lasse die Sorgen zu Haus. Nach Hause wollten sie alle, aber nicht gar so schnell, erst mal überleben, abwarten, die Lage peilen, die Pause genießen. Ihre schmelzenden Stimmen rührten die Herzen der Frauen und machten den Musikanten die Taschen schwer mit Eiern, Butter und Bauernbrot.

Gegen Abend fuhr ich sie über den Fluß und sah ihnen nach, bis sie im Nebel untergingen, und als ich die Stufen zum Boot wieder hinunterstieg, fühlte ich das Tal um mich wie einen von der Welt und dem Leben abgeschiedenen Ort nicht auf, sondern unter der Erde, auf dem Grund des Brunnens, durch den die Goldmarie springen mußte, um Frau Holles Wiese zu finden. Dort ging es ihr besser als jemals zuvor. Sie hätte bleiben können. Warum tat sie es nicht? Warum mußte sie irgendwann wieder hinaus, zurück in die Welt?

Früher haben sie alles Wasser, auch das zum Trinken und zum Kochen, aus dem Mühlbach genommen. Jeden Morgen schoben sie die gefüllten Wassereimer mit der Schubkarre zum Haus. Dort stand es im Kühlen neben der Spüle, daneben hing der Zinnbecher, damit jeder, der Durst hatte, im Vorübergehen einen Schluck nehmen konnte. Daran konnte Anni sich noch gut erinnern, auch, daß es auf den anderen Höfen schon Brunnen gab. Die Wasseradern, aus denen sie sich speisten, hatte der Rutengänger entdeckt, und später, als sie schon zur Schule ging, kam auch in Schwaig der Rutengänger, der von allen im Haus mit Ehrfurcht behandelt wurde, weil das, was er mit seiner Rute tat oder die Rute mit ihm, eine Art Zauberei war. Sie ist ihm nachgeschlichen, nicht nah, sondern mit gebührendem Abstand, weil er mit seiner Rute allein sein mußte, sonst funktionierte der Zauber nicht.

Zwischen der hinteren Hauswand und dem Mühlbach hat die Rute plötzlich das Hüpfen angefangen. Dort hat der Vater ein Loch gegraben und ist mit dem Loch immer tiefer im Boden versunken, bis nichts mehr von ihm zu sehen war. So hat man erfahren, wie tief hier das Grundwasser unter dem Boden liegt, tiefer auch als das Flußbett, und mit dem Flußwasser hat das Grundwasser keine Verbindung außer zu Überschwemmungszeiten, wenn der Fluß aus dem von Algen zementierten Bett austritt und spurlos im Schotter versickert. Neun Meter tief hat der Vater hinunter müssen, bis endlich Wasser kam, so dürftig, daß er, im Nassen stehend, immer noch tiefer graben mußte. Darüber ist er krank geworden und hat nun doch die Brunnengraber rufen müssen, die er eigentlich sparen wollte. Sie haben das Loch vertieft, verbreitert und die Wände aufgemauert. In der ersten Zeit haben sie das Wasser mit der Handpumpe hochgepumpt, dann baute der Vater einen Motor ein, der das Wasser durch eine Leitung ins Haus schaffte.

An dem Tag, als zum ersten Mal drinnen das Wasser fließen sollte, sind sie alle im Gang gestanden, die Großmutter, die damals noch lebte, und der Vater, der damals der Sohn war, und seine junge Frau, Annis Mutter, und das Kind Anni und die fünf Schwestern des Vaters, von denen drei schon in Dienst gingen, aber an diesem Tag waren sie alle heimgekommen, um das Brunnenwasser aus dem breiten Messinghahn laufen zu sehen. Als es anfing zu tröpfeln, zu rieseln, zu strömen, zu schießen, mußte jeder die Hand drunter halten, das Wasser spüren, probieren und loben, daß es ein gutes Wasser sei, süß und frisch, direkt aus der

Erde. Seitdem haben sie aus dem Bach nur noch das Wasser zum Waschen und für den Garten genommen, bis nach einem Unwetter im Frühling 40 der Bach plötzlich ausblieb. Im Hochwasser treibende Stämme hatten das Wehr durchbrochen. So habe ich es noch gesehen, als ich zum ersten Mal ins Tal kam: vier bemooste Pfähle im Wasser der Bucht und unter dem Weidendickicht versteckt der Bachausfluß, der damals schon fünf Jahre trocken war, so daß allerhand Gras und Baumtriebe, sogar winzige Tannen zwischen den Steinen wachsen konnten.

Auch das ist inzwischen Vergangenheit. Heute, da ich dies schreibe, ist von dem Bachbett fast nichts mehr zu sehen, weil es mit Abfall, Schweinemist und Bauschutt gefüllt ist. Nur das Weidengehölz ist geblieben, das einmal seinen Lauf begleitet hat. Von den neuen Straßen zerstückelt, schlängelt es sich durch die Wiesen. Daß hier einmal ein Bach geflossen ist, wissen nur noch die Alten. Der Brunnen, den der Vater gebohrt hat, ist stillgelegt, seit sie auch in Schwaig das Wasser vom Dorf nehmen müssen, das fünf Kilometer weit durch Röhren ins Tal geleitet wird. Das Loch hinter dem Haus ist mit Holz und Blech abgedeckt. Wenn man darüber hingeht, klingt es hohl. Das Wasser vom Brunnen sei besser gewesen als das aus dem Dorf, hat die Tante gesagt, wenn sie aus dem Altersheim zu Besuch kam, frischer, süßer, besser für die Gesundheit. Anni sagt nichts. Ihre Erinnerung ist wie der Brunnen, stillgelegt, zugedeckt, unerreichbar.

In den siebziger Jahren des vorigen Jahrhunderts ist der Vater des Vaters aus der Rottacher Gegend ins Tal gekommen. Was vorher war, ist vergessen. Die Arbeit hat keine Zeit zum Überliefern gelassen. Da ging es immer ums nackte Leben, essen, trinken, sich kleiden, das Haus erhalten, das Land bearbeiten. Dann schlug der Tod zu. Der Nächste war dran. Das hörte nie auf.

Der Vater des Vaters hat das Haus neben dem Fluß ausgebessert und ein Stück Grund aus dem Auwald gerodet. Auf der ansteigenden Wiese vor dem Haus hat er Obstbäume gepflanzt, neben dem Auwald zwei handtuchschmale Äcker für Kartoffeln und Rüben gepflügt, einen kleinen Garten angelegt, einen Zaun gezogen gegen den Wildfraß. Der Boden ist steinig, vom Eiszeitgletscher heruntergeschobener und beim Schmelzen zurückgelassener Moränenschotter. Wenn hier etwas anderes als Gras wachsen soll, müssen Steine gelesen werden, jedes Jahr wieder, als wüchsen sie aus der Erde.

Sechs Kinder sind gekommen, vielleicht auch mehr. Überlebt haben fünf Töchter, ein Sohn, Annis Vater, der nach dem frühen Tod seines Vaters

78

die Familie durchbringen mußte, bis die Töchter alt genug waren, um zu heiraten oder in Dienst zu gehen. Ehe sie alle fort waren, mußte er heiraten, damit jemand übrigblieb für die Arbeit, aber die Schwiegertochter, die er brachte, war der Mutter nicht recht. Sie war eine harte, strenge Frau, erinnert sich Anni, immer zum Schimpfen und Schlagen aufgelegt. Nicht nur das Kind hat Angst vor ihr gehabt. Noch vom Totenbett aus hat sie alles bestimmt, was getan werden sollte. Das Sach ist ihr ein und alles gewesen, dann kam der Sohn, dann die Töchter und zu allerletzt die Schwiegertochter, Annis Mutter, die Näherin gelernt hatte und vor der Heirat mit der Nähmaschine unter dem Arm von Hof zu Hof gelaufen war, um für Essen und Nachtlager die Weißwäsche zu flicken. Daß der Sohn was Besseres hätte kriegen können, hat man ihr immer wieder eingerieben, und manchmal hat sie sich mitten unterm Essen in die Speis verdrückt, um zu weinen, ganz leise, damit niemand sie hörte, aber die Tochter, die Anni, hat es immer gewußt.

Nach dem Tod der alten Frau hätte die Weißnäherin Hausfrau werden können, aber zu dieser Zeit war die Tochter schon geschickt zur Arbeit, und nach und nach sind alle wichtigen Verrichtungen auf sie übergegangen. Was im Haus, im Stall, auf dem Feld zu tun war, ist zwischen Anni und

79

dem Vater ausgeredet worden, ehe er morgens in die Arbeit ging, als Vorarbeiter in der Herrnberger Ökonomie. Das war nötig, weil sie von der eigenen Landwirtschaft nicht hätten leben können. Nur im Winter blieb er daheim und tat, was liegengeblieben war: Heurechen schnitzen, Schuhe flicken, Holz machen, Weg aufschütten, Steg reparieren, Haus richten. Deshalb hat Anni, trotz Kälte und Schnee, den Winter immer am liebsten gehabt. Erst ganz am Schluß wurde es leichter, als der Robert dazu kam, der Schäfer von Zain, aber dann kam der Krieg und nahm ihn fort.

Sie sind ein gutes Gespann, Vater und Tochter, obwohl sie von Statur so verschieden sind wie Menschen nur sein können, der Vater lang und hager, die Tochter kurz und stämmig. Aber der Vater ist schon dabei, mit krummem Kreuz und geknickten Knien der Erde entgegenzuwachsen, während die Tochter stark und aufrecht ins Leben aufbricht, den Kopf hoch auf dem kräftigen Hals. So hat auch der Vater einmal den Kopf getragen auf dem Foto aus seiner Militärzeit, Kinn hoch über dem engen Uniformkragen, stolzer Schnurrbart, stramme Haltung. Nur die blaukolorierten Augen blicken ratlos. So viel Heimweh hat er beim Militär gehabt, daß er fast nichts hat essen können und unter hundert Pfund war, als er zurückkam. Aber beklagt hat er sich nie. Wenn er

80

abends auf dem Kanapee ausruht, hat sein langes blasses Gesicht einen leidenden Ausdruck wie die gesteinigten, von Pfeilen durchbohrten Märtyrer in der Herrnberger Kirche. Das kommt, sagt Anni, weil er das Ausruhen nicht gewöhnt ist. Am liebsten bastelt er in der Werkstatt herum. Als die Mutter die Zähne verlor, hat er ihr eine kleine Maschine zum Zerkleinern von Nußkernen und Apfelschnitzen gemacht. Inzwischen braucht sie die hölzerne Hilfe nicht mehr. Ihre Kiefer sind so hart geworden, daß sie alles kleinkriegt, was auf den Tisch kommt.

Daß sie noch nicht fünfzig war, als wir ins Tal kamen, habe ich nicht glauben wollen, bis Anni mir das Familienbuch zeigte: 1897 geboren, 1919 geheiratet, ein Jahr drauf die Anni geboren, das einzige Kind. Ob sie mehr Kinder gewollt hätte, ist nicht zu erfahren. Sie ist zufrieden mit ihrem Leben. Einen guten Mann hat sie gehabt, eine gute Tochter. Nur das Haus ist ihr zu abgelegen. Sie hätte lieber im Dorf gewohnt, wo man was sieht vom Leben. Das bin ich! sagt sie erstaunt, wenn sie das Hochzeitsbild auf dem Volksempfänger abstaubt. Vom blühenden Fleisch der Backen, Arme, Brüste ist nichts geblieben als Sehnen, Knochen und Walnußhaut, Beine zum O gebogen vom vielen Überland-Laufen mit der Nähmaschine, Buckel krumm, Lippen über die leeren Kiefer

nach innen gezogen. Mit dem Zeigefinger sticht
sie von hinten in meine Wade und kichert vor Vergnügen, weil das Fleisch so lind, die Haut so glatt
ist. Ich spüre ihre Finger trocken und rauh wie
Schmirgelpapier. Im Innern der Linken hat sie
einen Knoten, der abends in der Herdwärme juckt
und brennt. So ist es, wenn man alt wird, sagt sie,
unter dem Tisch den Knoten reibend und krat-
zend.

Am Tag ist sie am liebsten draußen hinter dem
Haus beim Wiedhacken. Über den Hackklotz gebeugt, schneidet sie mit dem Beil das sperrige
Reisig auf gleiche Länge und bindet es mit bieg-
samen Ranken, die sie »Judenstrick« nennt. Da sie
schlecht sieht, verletzt sie sich oft. Dick und dunkel tritt Blut aus und gerinnt zu kleinen, glänzen-
den Kuppeln. So viel Reisig hat sie in ihrem Leben
gehackt, daß die Feldscheune bis unters Dach voll
davon war. Später hat Anni die Bündel heimlich
auf einen Haufen geworfen und angesteckt, weil
das trockene Reisig in der Küche zuviel Dreck
machte. Gut, daß die Mutter davon nichts mehr
gemerkt hat.

Wenn ich das Hochzeitsbild anschaue, kann ich
mir vorstellen, daß sie wie Anni, stark, kompetent,
furchtlos geworden wäre. Aber die Weiber von
Schwaig, Schwiegermutter und Schwägerinnen,
haben ihr das Erwachsenwerden gestohlen, und

82

der Mann hat nichts dagegen getan, so ein Guter, Braver, der alles nahm, wie es kam, nur kein Streit, kein hartes Wort. Als dann die Gelegenheit zur Herrschaft kam, die Weiber fort, die Bahn frei, war es zu spät. Zu lange hatte sie am Ende des Tisches gesessen, immer bereit, den Platz zu räumen, wenn andere mit mehr Recht sich hinsetzen wollten. Das hat sie so leise und flüchtig gemacht, ein Kichern und Huschen im Hintergrund, ein staubleichtes Geistchen mit einem winzigen Knötchen auf dem wachsbleichen Schädel. Daneben die Tochter, die vielleicht nicht so stark hätte sein müssen, wenn die Mutter ihr nicht freiwillig Platz gemacht hätte, indem sie nach Jahren des Dienens und Duckens fast unbemerkt in die Greisendämmerung glitt. Ich begreife, daß das, was Anni zu tragen hat, nicht nur das Sichtbare ist, Haus, Stall, Scheune und Grund, sondern die Arbeit, die das alles hervorgebracht hat, die weiter getan werden muß, weil sonst alles umsonst gewesen wäre.

In dieser ersten Zeit hat Anni mir viel von sich und ihren Leuten erzählt, bei der Arbeit und abends, wenn wir beim Fußwaschen auf der Bank saßen. Später hat das aufgehört. Eine andere Art Arbeit kam dazwischen und natürlich der Fernseher. Jetzt bin ich es, die von früher erzählt, am Bett im Krankenhaus, auf unseren mühsamen Spaziergängen ums Haus herum und ein kleines Stück in die Au, nicht weit. Sie wird so schnell müde und schwindlig im Kopf, dann spür ich ein Ziehen im Arm zum Haus hin, zum Kanapee, auf dem sie ihre Tage verdämmert. Beim Erzählen stelle ich Fragen, nenne Namen, warte auf einen Funken Erinnern in ihren Augen, auf ein Wort, das mir sagt, daß sie weiß, wovon ich rede.

Max Kramer, sag ich, weißt du den noch? den Gefreiten, der mit mir ins Tal gekommen ist und die erste Zeit mit dem kranken Jungen vom Volkssturm im Zainer Schafstall gewohnt hat, später im Berger Zuhaus auf der Hochfläche. Der immer mit einem Malblock und Farben herumzog und dich unbedingt malen wollte, wie du das Fährboot über den Fluß steuerst, aber du hast es nicht gewollt. Irgend etwas an Max hat dir nicht gepaßt, gib's zu! Wie du die Mundwinkel eine Spur nach

unten verzogen hast, wenn er auf seine lässige Art
in den Hof schlenderte, einer der immer Zeit hatte
zum Schauen, zum Nachdenken über das Ge-
schaute, zum Reden. Er hat dir nie was getan, nie
was von dir gewollt, war keiner von denen, die am
Tisch sitzen bleiben, bis es was zu essen gibt.
Nein, ganz im Gegenteil, jedesmal wenn er kam,
brachte er etwas mit: Kräuter, Maimorcheln, Bee-
ren, Pilze. Wie eine Opfergabe legte er das Mit-
gebrachte auf den Tisch in der Laube, und dort
blieb es liegen, wenn ich es nicht an mich nahm.
Du hast seinen Pilzen mißtraut und seine Kräuter
verächtlich »Gras« genannt, das heißt Unkraut.

Als er dir anbot, Bilder vom Haus zu malen,
hast du gesagt, daß du keine Bilder brauchst, weil
das Haus ja da ist, jederzeit zum Anschauen. Aber
es bleibt nicht, hat er gesagt. Nichts bleibt, wie es
ist. Das hast du nicht hören wollen. Ich seh ihn
noch auf der von amerikanischen Posten bewachten Robender Brücke sitzen und den Wasserfall
malen. Die Besatzer kennen ihn schon: The Artist!
Kaum hat er angefangen zu pinseln, schlendern sie
auf ihren fabelhaften Lederstiefeln herbei, um ihm
über die Schulter zu schauen. So zivil, so weltbür-
gerlich wirkt er mit seinem breitrandigen Strohhut
über der braunen Stirn, dem roten Bauerntaschen-
tuch keck um den Hals geknüpft, mit seinen aus
Autoreifen geschnittenen Sandalen, daß keiner auf

die Idee kommt, die überm Knie ausgefransten Shorts aus graugrünem Tuch könnten noch vor kurzem eine Wehrmachtshose gewesen sein und das blaukarierte Hemd ein Bettbezug aus Kasernenbestand.

The Artist braucht keinen Entlassungsschein, keinen Ausweis. Sein britisches Englisch wird ihm nicht übelgenommen. Künstler sind anders! Geduldig warten die Sieger, bis wieder ein Bild vollendet ist. Sie kaufen Wasserfälle am laufenden Band, Souvenirs for the family back home und legen dafür Zigaretten, Konserven, Seife in den Malerkorb. Max tut, als sähe er's nicht. Er malt zu seinem Vergnügen. Was mit den fertigen Bildern geschieht, kümmert ihn nicht. Irgendwann steht er vom Klappstuhl auf und geht. Kein Protest hält ihn auf. Tomorrow, sagt er, perhaps ...

War es das, was dich störte? daß er kam und ging, wie es ihm paßte? daß man ihn nicht halten, nicht festnageln konnte? daß er damit durchkam? daß er dafür nicht bestraft, sondern sogar noch belohnt wurde, in Naturalien, die er ebenso leicht wieder hergab, wie er sie bekommen hatte, geschenkt, ohne Bezahlung, ohne Gegendienst? Daß er mühelos zurechtkam, keine Hilfe brauchte, sich überall auskannte, von allem etwas verstand, sogar von der Erde, von Pflanzen, Tieren, Wetter, Gestirnen? Daß er für jede Arbeit eine schnellere, leichtere Art, sie zu tun, vorschlagen, sogar vormachen konnte, die dann tatsächlich funktionierte? Da kommt so ein Städtischer daher, hat kluge Bücher gelesen, will uns was erzählen – hat dir das nicht gefallen?

Er kam oft nach Schwaig, angeblich um mich zu besuchen, seinen auf der Straße aufgelesenen Fundevogel, aber in Wirklichkeit galten seine Besuche dir, der Riesenfrau am Herrnberger Abhang, der Frau Holle unter dem Brunnen. Über mich richteten sich seine Weisheiten und Ratschläge an dich. Nicht etwa, weil er in dich verliebt gewesen wäre. In eine Frau Holle verliebt man sich nicht, ganz abgesehen davon, daß ländliche Betten nicht nach seinem Geschmack waren. Was er von dir wollte, war einfach Achtung, mindestens ebensoviel davon, wie er für dich empfand, du solltest ihn ernst nehmen als einen, der auf seine Weise ebenso stark, ebenso klug, ebenso kompetent ist wie du. Das wollte er von dir, und genau das hast du ihm nicht gegeben.

Mit mir hat er es leicht gehabt. Seine Rolle als Retter, Beschützer, Lehrmeister war von Anfang an unbestritten. Er zeigte, ich sah. Ich fragte, er antwortete. Ich fühlte, er erklärte meine Gefühle. So verbrachten wir Stunden schlendernd am Fluß entlang, manchmal Hand in Hand, das hatte nichts zu bedeuten. Was wie Verliebtheit aussah, war

87

nichts als Geplänkel, Schäferspiel, suggeriert von der arkadischen Landschaft und den steigenden Temperaturen. Mißfiel dir der leichte Umgang mit schweren Gefühlen? das straflose Drüberweg, Dranvorbei, Drunterdurch? Hat dich unsere Art zu reden gestört, das Hüpfen, Schweifen, Schwärmen mit Worten, das Lachen über Dinge, die du nicht komisch finden konntest? Schloß unser Sprechen dich aus, wie dein Arbeiten mit Wenzel mich ausgeschlossen hat? Oder hast du ihm übelgenommen, daß er mich zum Wasser verführte, dem trügerischen Element, das dir Angst machte und uns ein unaussprechliches Vergnügen? War er für dich der Wassermann mit den grünen Haaren, der mich hinabzog, irgendwohin, wo du nicht nachkommen konntest?

Die Hiesigen hören das Rauschen nicht mehr, weil es immer da ist, am Tag übertönt von Arbeitsgeräuschen, vergessen wie das Vergehen von Zeit. Aber am Abend schwillt es an und füllt das Tal mit seinem mächtigen Fließen und Ziehen, auf dem ich im Schlaf abtreibe, schwerelos, in wohliger Auflösung über Steine, Sand, Modder, durch Baumwurzeln, Schilf, hängende Zweige, allmählich ins Hellere, an das von Vogelstimmen erfüllte Tagufer.

Die Frühe war unsere beste Zeit. Nebel über den Wiesen und zwischen den Krüppelstämmen der Au. Tau sprühte, wenn wir uns durch die

Büsche drängten, und fiel in Tropfen von den Bäumen, wenn Vögel im Auffliegen ihren Schlafzweig rührten. Durch die nackten Sohlen die Wirbelsäule hinauf liefen Schauder von Erdkälte aus dem schwarzen Boden, der zwischen den Zehen aufquoll. Waldgras eisig um die Knöchel. Winzige Pocken von Gänsehaut, die sich am Mantelstoff rieben.

Wenn das Nebelgebrodel über dem Fluß erglühte, war aus den Tannen des gegenüberliegenden Ufers die Sonne getreten. Strahlen neblig verschleierten Lichtes stahlen sich durch das Unterholz. Aus der Dämmerung traten weiß die tropfenbesetzten Gewebe der Spinnennetze. Dort, wo früher der Mühlbach abgeflossen war, senkte sich eine Mulde zum Altwasser hin, das träge im Kreis floß, beladen mit morschem Geäst, Vorjahrsblättern, Blütenstaubschleim. Unter dem Vorhang überhängender Weidenzweige glitten wir in das schlaflaue Wasser, bäuchlings über die runden Steine, durch den Modder abgesunkener Pflanzenreste, aus denen Fischbrut hochschwärmte, uns wimmelnd und stubsend begleitete, wenn wir, von der Gegenströmung erfaßt, aus dem grünen Gewölbe ins Helle trieben, immer noch dicht am Grund, Unterwassersingen in den Ohren, Füße am Boden schleifend, Arme ausgebreitet in der schwebenden Ruhe, die nur das Wasser erlaubt.

Die Böschung entlang schwammen wir aufwärts, bis der Hauptstrom sich einmischte, flutender Widerstand gegen Brust und Schultern, der uns dichter ans Ufer drängte. Die Füße in den Grund gestemmt, zogen wir uns an Zweigen und Wurzeln weiter voran, immer langsamer, mühsamer gegen den Strom, der sich Schwall auf Schwall gegen die Brust warf und aufschäumend über uns wegsprang. Hier war das Ende der Altwasserbucht, der Scheitelpunkt des Winkels, wo der Strom vom Ufer abprallte und mächtig zur Mitte hinüberzog, dabei den äußeren Teil des Altwasserkreises mitriß ins Offene, während der innere Kreis, von der Landspitze eingefangen und umgelenkt, wieder zum Mühlbachschlund trieb und langsamer unter den hängenden Weiden zur Böschung und wieder aufwärts.

Wenn die Strömung uns nicht mehr vorankommen ließ, zogen wir uns am Ufer hoch und spähten nach den Unterwasserfelsen, die bei niedrigem Wasserstand herausragten, bei hohem Wasser durch einen glasigen Wellensprung bezeichnet waren. Dorthin warfen wir uns, umklammerten mit Armen und Beinen den Stein, krochen krebsig hinauf, grade so weit über die Strömung, daß wir uns umdrehen und auf der runden Kuppe niederlassen konnten. Dort ruhten wir aus, Schaum im Rücken, auf den Schultern Sonne wie warme

Tücher. Vom Ufer schwärmten Insekten herüber, ein Schwirren und Zucken schwarzblauer Libellen, taumelige Schmetterlinge, lavendelblau, Wolken winziger Mücken, manchmal, selten, der Eisvogel, blaues Blitzen quer über den Fluß.

Mit der steigenden Sonne kamen die Bremsen. Dann war es Zeit aufzustehen und so weit wie möglich in die offene Strömung zu springen. Unter Wolkenhimmel und Baumkronen trieben wir auf dem Rücken, kreisten mit Wirbeln, fuhren hinab zu den Steinen, die mit leisem Klicken auf dem Grund aneinanderstießen, schossen hoch wie Korken aus Sektflaschen, warfen die triefenden Haare zurück und schwammen zur Sandbank unterhalb der Fähre, deren Sand aus lauter winzigen Muscheln und Schneckenhäusern bestand.

Am Nachmittag gingen wir weiter aufwärts über die Viehweiden, wo sich an heißen Tagen die Kühe im Schatten drängten, rotbunte mit Buckelstirnen und mächtigen Hörnern, die Augen mit Fliegen bedeckt, die mit einem Geräusch wie Windstoß in trockenem Schilf aufschwärmten, wenn wir sie mit der Hand verscheuchten. Im Weitergehen blickten wir uns um, da standen sie alle in unsere Richtung gewandt, schauten uns nach. Hinter der Altwasserbucht schmolz der Auwald zu einem schmalen Streifen Gehölz am Ufer entlang bis in die schwarze Mauer des Fichtenwaldes.

Das Grasland im Bogen des Flußlaufes war von Baum- und Gebüschgruppen durchsetzt, ein vom Zufall des Samenfluges angelegter Park, der weiter aufwärts, wo das gegenüberliegende Steilufer zurücktrat, auf die andere Seite übergriff und bis zu dem fernen, von Alpenspitzen überragten Hügelkamm eine nahezu kreisförmige Senke füllte.

Die Insel lag zwischen zwei Flußarmen wie ein schlafender Hund, der, Kopf auf den vorgestreckten Pfoten, lang ausgestreckt liegt, auf dem Rücken ein wüstes Fell aus Dornenranken und verfilztem Gestrüpp, Schnauze und Pfoten aus bleichem, schilfdurchsetztem Geröll. An der vordersten Spitze teilte sich das Wasser und schäumte links und rechts an den Seiten entlang, so laut, daß alle anderen Geräusche darin untergingen. Hier herrschte das Wasser und machte ein Bett aus Rauschen, in dem wir einschliefen unter Blättergewimmel, Schilfdoldenwiegen, Wolkenziehen, Schattenwandern oder auf einem der warmen Steine am Ufer saßen und der Strömung zusahen, die unterhalb der nächsten breiteren Insel einen gläsernen Schwall aufwarf, ehe sie schäumend und brodelnd über die ruhig dahinziehende Fläche stürzte.

Dorthin schwammen wir, wenn der Waldschatten uns von der Insel vertrieb, ließen uns abwärts tragen bis zu den Kühen, trockneten im letzten Sonnentümpel, gingen langsam heim über den Talgrund, der zu dieser Tageszeit ein unbeschreibliches Grün hervorbrachte, gesättigt mit Honigfarben und dem Rot des Sonnenballs, der langsam dem Hügelkamm entgegensank und aufsetzte und auf ihm entlangrollte und abrutschte und strahlensprühend hinter dem Wald unterging. Dann stieg schon der Nebel aus den Wiesen. Im Auwald wartete die Nacht und hinter der Nacht die hellen Küchenfenster von Schwaig.

Max Kramer wollte nicht weg aus dem Tal. Er hatte genug von Politik und Geschichte. Sie werden wieder von vorne anfangen, sagte er. Diesmal wollte er nicht dabeisein. Er stand neben Anni am Straßenrand, als ich in einem überfüllten Lastwagen heimfuhr in meine Trümmerstadt. Durch den Planenspalt sah ich, wie Anni ihm den Rücken zuwandte.

Daß Max in der Gegend bleiben würde, war mir so sicher, daß ich bei meiner Rückkehr ins Tal, Jahre später, nicht einmal nachfragte, sondern am gleichen Nachmittag loszog, um ihn aufzusuchen. Den ganzen Weg, an Lindach und Bruck vorbei und den Hohlweg hinauf und über die Hochfläche produzierte die Vorfreude Bilder: Max, zwischen Obstbäumen heranschlendernd mit einem Taschentuch voller Maimorcheln, Max am Tisch in seiner Stube, runder Kopf mit Messinghaar, braunes Gesicht, hebt sich, wenn ich ans Fenster klopfe, grinst, weist mit dem Kinn zur Tür: komm rein! ich hab was für dich. Als ich von weitem die Läden geschlossen sah, spürte ich einen leichten Schwindel von Angst. Macht nichts! sagte ich laut. Am Tag ist Max unterwegs. Ich setze mich auf die Bank und warte.

Aber die Bank gab es nicht mehr, und als ich versuchte, den Fensterladen zu öffnen, fiel er aus den rostigen Scharnieren. Ich legte die Stirn an die Scheibe und sah im Dämmrigen Gerümpel, gestapelte Säcke, Matratzen, Spinnennester dazwischen, Rattengeflitze. Keine Spur von einem, der hier gewohnt haben könnte. War ich am falschen Haus? War die Erinnerung falsch? Schon verschwammen die Bilder. Was wußte ich von Max Kramer? was hatten wir miteinander gehabt außer einer Gegenwart, die nun vergangen war? leuchtende Augenblicke ohne Gewicht und Dauer, die bei der ersten Berührung mit Wirklichkeit davonstoben. Die Stirn am Glas spürte ich, wie die Vorfreude aus mir herausfloß und mich leer und frierend zurückließ, plötzlich zu müde, um den Mund aufzumachen und die neuen Leute vom Hof nach dem Maler im Zuhaus zu fragen.

Später erzählte Anni, daß kurz nach meiner Abreise eine Frau über die Fähre gekommen sei, eine feine Dame mit hohen Absätzen, mit denen sie im Dreck steckenblieb. Als Anni sie sah, wußte

94

sie gleich, wen sie suchte, obwohl sie einen anderen Namen nannte. Sie hatte ja diesem Hansdampf nie was geglaubt, nicht mal den Namen. So ungeduldig, so sehnsüchtig war die Dame, daß sie ohne Aufenthalt weiterging, nachdem Anni ihr den Weg erklärt hatte.

Am Abend ist sie zurückgekommen, barfuß, die Stöckelschuhe in der Hand, todmüde. Auf dem Weg zur Fähre kehrte sie um und setzte sich zum Ausruhen in die Laube. Anni hat ihr einen Kaffee gemacht und sich zu ihr gesetzt. Allmählich sind die Tränen gekommen: so einer sei ihr Mann immer schon gewesen, einer, den man nicht halten kann, der einfach weggeht. Dabei hätte er sie wirklich geliebt, aber nie so, daß er hätte bleiben können. Manchmal hätte sie den Eindruck gehabt, daß es ihre Liebe war, die ihn weitertrieb, obwohl sie sich nie an ihn gehängt hätte, wie andere Frauen das tun, mit Betteln, Klagen und Quälen. Dazu sei sie zu stolz gewesen. Wenn sie ihn ganz und gar abgeschrieben hätte, sei er plötzlich da gewesen und sie hätten es so gut miteinander gehabt, daß sie wieder anfing zu glauben, diesmal würde er bleiben, und gerade dann, wenn der Glaube sich festigte und fast schon Gewißheit war, sei er wieder gegangen.

Sie hat das Zuhaus leer gefunden, die Farbe noch feucht auf dem letzten Bild, Pfeifenrauch blau unter der Balkendecke. Er hat mich kommen sehen und ist zur Hintertür raus, sagte sie. Kein Warum. So ist er, ich hätte es wissen können.

Der kommt schon wieder, wenn es ihm dreckig geht, hat Anni gesagt. Aber ich, wenn ich Sie wär, würde ihn achtkantig rausschmeißen!

Du hast ihn nie gemocht, sagte ich. So einen darf man nicht mögen, sagte Anni. Da kannst du dir gleich einen Frosch ins Haus holen, oder den Wassermann.

Einmal habe ich Max im Kino gesehen, in einem Film, der mit seinen Bildern seltsame Geschichten aus Sizilien erzählte. In einer der Geschichten zerbrach ein riesiger Olivenölkrug. Der Besitzer ließ einen Töpfer kommen, der über ein Wundermittel zum Kleben von zerbrochenen Dingen verfügte. Der Mann kam. Zuerst erkannte ich ihn nicht, aber als er, um die Festigkeit seiner Arbeit zu prüfen, in den Krug stieg und nur mit dem Kopf herausschaute, mit der großen, braunen, ständig wechselnden Landschaft von Komödiantengesicht, den klugen Augen im beweglichen Faltenspiel, wußte ich wieder: So war Max, so sah er aus, so brachte er die Leute zum Lachen, zum Nachdenken, zum Verstehen. Wenn er jetzt da wäre, während ich hier sitze und schreibe! Wenn er mir erklären könnte, was mit Anni, mit Schwaig, mit unserem Tal passiert ist, wann das anfing, was man hätte sein oder tun müssen, um es aufzuhalten …

Der Höhepunkt dieser ersten Zeit war die Hochzeit von Jaga und Macziek im Juni 1945. Um diese Zeit waren alle Spuren vom Krieg verwischt, der Rauch der Papierfeuer abgezogen, die Kisten mit Beutegut vergraben, Uniformen, Orden und Ehrenzeichen versteckt. Den Rest hatte der Fluß genommen, Leichtes, das davonschwamm, Schweres, das untersank. Nur die Leute waren noch da, in Bauernzeug gekleidet, mit Bauernarbeit beschäftigt. Die wollten noch nicht heraus aus dem Tal, das ihr letztes Quartier geworden war, obwohl niemand ihnen den Rückweg in die Welt versperrte, richteten sich ein in der großen Pause zwischen Krieg und Frieden, als wär's für immer, und am Abend holten sie aus den nicht sehr tief vergrabenen Kisten französischen Kognak und russischen Wodka, tranken Brüderschaft mit den Leuten, die hier zu Hause waren, spannen Träume vom einfachen Leben, vom Pflanzen, Säen, Hausbauen, als läge nicht für jeden von ihnen ein angefangenes Leben hinter dem Hügelkamm bereit, als könnten Menschen sich häuten wie Schlangen, die alte Haut irgendwo liegen und verwesen lassen und mit der neuen von vorn anfangen.

Nur Zahlmeister Dombrowski machte schon

wieder Geschäfte. Der war es auch, der zu der Polenhochzeit den Schnaps besorgte, drei Glasballons voll, die Macziek mit dem Leiterwagen von Fischau nach Lindach zog, während Dombrowski – natürlich längst in Zivil – geräuschvoll nebenherschwätzte. Der hat sich doch nie die Hände dreckig gemacht. Am Fuß der Außenstiege zum Lindacher Leutehaus nahm der Gefreite Max Kramer die Ballons in Empfang und trug sie mit beiden Armen hinauf, ohne den rechten zu schonen, der angeblich lahmgeschossen war. So hatte es jedenfalls der Stabsarzt bescheinigt. Jetzt war davon nichts mehr zu merken.

Alle, die mitgeholfen hatten, waren eingeladen zu diesem Fest. Ein vorweggenommener Augenblick Frieden versammelte die verschiedenen Sorten von Fremden, die der Krieg ins Tal hinabgespült hatte, um einen Tisch. Und unter dem Tisch standen, friedlich beieinander, die Füße und Schuhe, jedes Paar mit seiner Geschichte: Da waren die platt- und breitgetretenen Barfüße der polnischen Zwangsarbeiterinnen Alicza und Rozalie, die in Lindach immer noch die Stallarbeit machten, wie Jaga und Macziek die Feldarbeit, weil die Kühe und das Land ja nichts dafür können, wenn die Männer Krieg spielen; und die Sandalen des Gefreiten Kramer, der im Krieg keinen einzigen Schuß abgefeuert hatte, Sohlen aus Autoreifen ge-

98

schnitten, mit Schnur über die Waden hochgebunden »im griechischen Stil«; und meine Füße, auch nackt, aber mit weniger Hornhaut darunter, über und über mit verdrecktem Leukoplast verklebt wegen der Splitter und Blasen, die ich mir beim ungewohnten Barfußgehen geholt hatte; und Jagas, der Hochzeiterin Füße, standen ausgeschlüpft neben den hochhackigen Pumps, die sie der Sekretärin und Beischläferin des neuen Lindachbesitzers unter dem Bett weggeholt hatte, und streichelten mit Seidenstrumpfzehen Maczieks erstklassige Offiziersstiefel aus deutschem Wehrmachtsbestand, die Zahlmeister Dombrowski dem Hochzeiter gegen einen Sack Korn zum Schwarzbrennen überlassen hatte; ebensolche prangten an Dombrowskis fetten Stempeln; und in den schmutzigen Klumpen aus Fußlappen und Schnur steckten die Füße des Lagerpolen Marcin, der aus Höflichkeit die Holzschuhe vor der Tür gelassen hatte; aber seinen ehemaligen Wächter hatte er mitgebracht, einen Familienvater im Volkssturmalter, mit unförmigen Knobelbechern an den Füßen; daneben wippte am elegant übergeschlagenen Bein des schönen Valenty, Student aus Krakau und bis vor kurzem Zwangsarbeiter, der feine Lederpantoffel – eine Liebesgabe der Dame, die ihm auf seiner mißglückten Flucht Quartier gegeben hatte, bis eine neidische Nachbarin sie verpfiff; und am Ende des

99

Tisches standen, in grob geschnitzten Holzschuhen, die nur aus Knochen, Sehnen und schrumpliger Haut bestehenden Füße des stummen Harmonikaspielers, den hatten sie nur wegen der Musik eingeladen, weil es ohne Musik kein richtiges Fest ist; und ein weiteres Paar Stiefel lag nach Ami-Manier auf dem Tisch und gehörte dem US-Sergeant Peter Podgorsky aus Chicago, im Zivilberuf Boxer, jetzt bei der US-Army, der hatte die besten Stiefel im Raum, halbhohe Combatboots aus braunem schmiegsamem Leder, Schuhgröße mindestens 47, Fäuste entsprechend, mit denen soll er Valentys Chef, den Polenschinder, auf der eigenen Schwelle niedergeschlagen haben, bestimmt nicht aus eigenen Stücken, sagen die Leute im Tal, das muß ihm ein anderer ins Blumenkohlohr geblasen haben, ein Studierter mit englischen Sprachkenntnissen wie dieser Valenty, denn der Sergeant, dessen Großvater noch polnischen Boden gepflügt hatte, verstand kein Wort polnisch, so schnell geht das in der Neuen Welt.

Aber davon war nicht die Rede an der Hochzeitstafel, auch nicht von dem Feuer, das Olczak auf der Hochfläche anzünden wollte. Es gab nur Eintracht und Wärme aus den eng aneinandergedrängten Schultern und Schenkeln und ein deutsch-polnisch-amerikanisches Stimmengewirr, das jeder verstand, weil das, was ausgedrückt werden sollte, etwas Gemeinsames war. Olczak kam erst in der Nacht mit einem ganzen Schwarm Lagerpolen und Rauchgeruch in den Kleidern, aber um diese Zeit wurde nicht mehr am Tisch gesessen, sondern getanzt, und weil zu wenig Frauen da waren, schickten sie Max nach Schwaig, um Anni zu holen, die die Hochzeitskuchen gebacken und Jagas Brautkleid auf ihrer Nähmaschine genäht hatte. Aber die wollte nicht mit, auch nicht die Kammerertöchter und die Agnes von Fischau. Alle die Bauerntöchter im Tal hatten an diesem Tag dringende Abhaltungen. Oder spürten sie schon, daß bald die Väter, Brüder, Verlobten heimkommen und aufräumen würden, was der Krieg durcheinandergebracht hatte?

Zum Kaffee hätten sie ruhig kommen können, da war's nicht viel anders als an irgendeinem deutschen Kaffeetisch. Fein angezogen in den allerbesten geliehenen, ermaggelten, geschenkten Sachen saßen die Gäste auf Melkschemeln und Kisten um die mit Blumen dekorierte Waschbank, am Kopf das Brautpaar auf den weinroten Ledersitzen, die Macziek mit Kramers Hilfe aus dem BMW des Herrn Oberst herausgebaut und auf Kisten montiert hatte. Wie gemalt auf Hochzeitsbildern für Kinder und Kindeskinder saßen sie da, Jaga unter einem Turm brauner Haare, sonst ganz in Weiß in ihrem Brautkleid aus Lindacher Schlaf-

101

zimmergardinen, Macziek klein, breit, schwärzlich, obwohl er sich morgens im Fluß gebadet hatte. Ihre Hände, dicht nebeneinander zwischen den Gedecken, berührten sich nicht, und die Gäste spreizten den kleinen Finger ab, wenn sie die Tassen hoben. So geziemend benahmen sie sich an diesem Hohen Tag, so steif und stumm nippten sie an Kaffee und Schlagrahm, als sähe die bäuerliche Verwandtschaft weit weg in Polen ihnen dabei zu. Denn es sollte eine richtige Hochzeit sein, eine Sache fürs Leben, auch wenn der Priester erst später, daheim in Polen, seinen Segen dazutun würde.

Noch steckte die Harmonika im Kasten. Der Schnaps ruhte still und klar in den Glasballons auf dem Flur. Schwer war die Luft vom Geruch säuernden Rahms und welkender Blumen. Plötzlich ließ Jaga ihren Löffel in die Tasse fallen und schrie in ihrem bayerisch-polnischen Kauderwelsch, nun sollten die Gäste doch endlich die Jacken ausziehen und lustig sein. Dabei riß sie ihrem Macziek die Jacke vom Leib, und alle konnten sehen, daß er kein Hemd darunter hatte, nur Kragen und Hemdbrust am Gummiband. Das gab ein Gelächter, und das Fest konnte beginnen. Aber vorher, sagen die Frauen im Tal, vorher hat Jaga den Macziek nicht angeschaut, weil der hübsche Valenty hinter ihr her war oder sie hinter ihm. Da muß was passiert sein, daß sie jetzt auf einmal den Macziek will.

Später holte Zahlmeister Dombrowski die Leica zum Fotografieren. Sie schoben den Tisch beiseite und machten die Fenster auf, um einen Schwall Spätnachmittagssonne hereinzulassen. Vor Goldgrund, wie auf alten Ikonen, stellten sie sich zum Hochzeitsfoto auf, das Brautpaar in der Mitte, dahinter die Gäste, Geschlinge von Armen und Schultern, die Kleineren mußten sich vorn auf den Boden setzen, aber weg mit den Beinen, sonst werden die Füße riesengroß. Auf Jagas Pumps saß der Harmonikaspieler mit einem Hintern, so hart wie bloßes Gebein. Er hatte den Balg ausgezogen, spielte aber nicht, damit das Bild nicht verwakkelte. So bleiben! schrie Dombrowski, die Leica am Auge, nicht bewegen! Achtung, das Vögelchen!

Als es endlich vorbei war, flatterten sie auf wie ein freigelassener Vogelschwarm, schrien und lachten. Der Harmonikaspieler fing einen Walzer an, und noch ehe sie es merkten, traten die Füße den Dreiertakt. Dann drehte sich alles, auch Männer mit Männern, weil zu wenig Frauen da waren. Nur mit mir tanzte keiner, weil ich das Spinnastl war, die mit dem Schock, die von Zeit zu Zeit ganz ohne Grund Anfälle von Heulen und Zittern bekam, dann mußte die Anni her oder Max Kramer, um mich zu halten, weil mir der Boden unter den Füßen wegging. Aber bei diesem Fest ging es mir gut, und ich wäre gern mit den anderen lustig gewesen. Zum Lohn fürs Fotografieren bekam Zahlmeister Dombrowski noch einmal Kuchen, dann Schnaps, dann Bier aus dem gläsernen Stiefel mit Goldrand, und als er alles in sich hineingestopft und -gegossen hatte, kniff er Jaga in den Hintern und grölte etwas vom allerschönsten Kind, das man in Polen find't.

Da wurde es plötzlich still im Raum, und alle sahen Macziek an, der langsam aufstand, und dann sahen sie Dombrowski an, der ebenfalls aufstand und rückwärts ging wie Macziek vorwärts, so gingen sie ganz langsam und immer im gleichen Abstand zur Tür hin, die Valenty hinter Dombrowskis Rücken öffnete, so daß dieser ohne Aufenthalt und ohne Umschauen, weil er immerfort in Maczieks langsam vorrückende Augen schauen mußte, in den Flur und zur Außenstiege stolperte. Was weiter geschah, hörte man nicht, weil auf ein Zeichen Valentys der Harmonikaspieler zu spielen anfing. Dann kam Macziek zurück, klopfte sich irgendeinen Dreck von den Händen, schloß mit Nachdruck die Tür hinter sich und holte Jaga zum Tanz mit einer Verbeugung wie in der Tanzstunde, und die Jacke hatte er auch wieder angezogen.

Beim Tanzen sah man, daß Jaga etwas größer

war als er, auch voller. Unter den Rüschen des Brautkleides hüpfte ihr Fleisch ihm entgegen, drängte sich näher, wollte sich anlehnen und an ihm zerfließen, aber der schwarze Arm des Hochzeiters hielt sie auf Abstand, schwenkte sie streng im Takt und rundherum, nur die Haare machten sich frei, Nadeln sprühten, der Turm kippte und fiel, der dicke braune Zopf flog den im Kreis klatschenden Gästen um die Ohren. Im Schwindel schloß sie die Augen. Als sie den Boden unter den Füßen verlor, hob Macziek sie auf und trug sie zurück zu den Autositzen. Nun wußten alle, wie es zugegangen war, daß Macziek sie bekommen hatte und nicht der windige Valenty mit seinen Gedichten und Blumenbouquets. Mit der Würde eines Patriarchen zukünftiger Geschlechter nahm der kleine breite, schweigsame Macziek Platz neben seiner großen Frau, auch im Sitzen der Kleinere, und doch brachte sie es fertig, mit feuchtem Blick zu ihm aufzuschauen, und als er streng die Augenbraue hob, steckte sie eilig den Zopf hoch mit den Nadeln, die die Gäste ihr zureichten, baute von neuem den stolzen Turm, nur um ihn an Maczieks Schulter wieder zu zerdrücken. Max Kramer fing an, wie ein Verrückter zu klatschen, zu schreien: Bravo Jaga! Bravo Macziek! als sei das Heiraten eine gelungene Zirkusnummer.

Als es dunkel wurde, zündeten sie die Kerzen in

den Lampions an. Rötliches Dämmer erfüllte die Kammer, als Olczak mit seinen Leuten die Stiege hinaufpolterte. Lärmend, als kämen sie von einem anderen Fest, mit einem anderen Rausch, stürzten sie sich über die Reste vom Kuchen und Schnaps, tanzten wie die Wilden, kein Tisch, kein Stuhl hatte mehr Platz, der Harmonikaspieler mußte den Balg zur Tür hinausziehen, und das Brautpaar machte sich klein auf den Autositzen. Die waren schon fast vergessen mitsamt ihrer ehrbar begonnenen Hochzeit, kein Platz mehr für die Aufsicht der strengen Verwandtschaft, wer weiß denn, ob sie dem Würger entkommen war. Aus den verwelkten Resten des alten Festes kroch prall und feurig das neue Fest mit Männergesang, mit dem Dröhnen stampfender Füße und dem Klirren zerbrochener Gläser.

Ich spürte die Angst kommen, noch bevor ich das Feuer sah, die Kammer plötzlich voll Rauch, bildete ich mir ein, keine Luft zum Atmen, ich riß das Fenster auf, sah es oben auf der Hochfläche brennen, unter einer Kuppel von düsterrotem Gewölk ein Glutauge und emporschnellende Flammenzungen, winzig, fern, lautlos, der Rauch kann nicht von dort gekommen sein, auch nicht die Angst, die aus meiner Kehle herauswollte. Die kam aus mir selbst, aus dem anderen Ich, das noch nicht im Frieden angekommen war, das immer noch zwischen Bombeneinschlägen und stürzenden Mauern ums Leben lief und schrie. Plötzlich war Max neben mir und seine Hand auf meinem Mund: Nicht hier! Am Handgelenk zerrte er mich durch das Tanzgewühl, die Stiege hinunter durch den dunklen Hof und das ausgetrocknete Bachbett entlang Richtung Schwaig. Hier unten im Dunkeln durfte ich endlich mein Entsetzen herausheulen, aber nicht laut, weil die Gäste inzwischen alle am Fenster hingen und dem Feuerwerk auf der Hochfläche applaudierten mit Ah und Oh und Bravo über den Talgrund hin, der verstohlen glimmend wie ein trüber Spiegel in der Flußschleife lag. Wir hätten nicht zur Polenhochzeit gehen sollen, sagte ich. Auf ihren Festen haben wir nichts zu suchen.

Vom Fenster der Apfelkammer aus, die meine Kammer war, solang ich es im Tal aushielt, schauten wir nach Lindach hinüber, und es war gar nichts Schreckliches dabei. Das Leutehaus mit den kleinen roten Fenstern, hinter denen sich die Tanzenden bewegten, schwamm unter dem roten Himmel wie ein Vergnügungsdampfer bei »Rhein in Flammen«. Auch als sie mit ihren Lampions, Harmonika voran, die Außenstiege hinabzogen und sich unter dem Balkon des ehemaligen Damenzimmers aufstellten, wo der Herr Stämmle im französischen Bett der Frau Baronin mit seiner

Sekretärin schlief, war nichts Böses gemeint, sagte Max. Die wollten nur lustig sein. Die ganze Welt sollte mit ihnen Hochzeit feiern und trinken, warum nicht der Herr Stämmle! Komm herunter, Pan! riefen sie. Trink einen Schluck!

Aber der Herr Stämmle, Fabrikant aus dem Schwäbischen, der mit Wehrmachtsbedarf einen schönen Profit gemacht hatte, so daß er Lindach mit allem Drum und Dran hatte erwerben können – damit er was im Rücken hatte, falls es schiefging mit dem Dritten Reich – der im freigestellten Wagen mit seiner Sekretärin hergefahren war, um in Ruhe abzuwarten, bis der Schlamassel vorbei war, der Herr Stämmle hat es wohl mit der Angst gekriegt, als er sie auf polnisch unter dem Balkon schreien hörte. Der war vielleicht auch mal in Polen gewesen, militärisch oder geschäftlich, oder er hat die Polen in seiner Fabrik ein bißchen hart angefaßt. Aber wenn er auch nie mit Polen zu tun gehabt hätte, sagte Max, Gründe zum Angsthaben wird's für unsereins immer geben, so total wie dieser Krieg war und nicht nur der Krieg!

Der Herr Stämmle, als er im Morgenrock auf dem Balkon erschien und über die Brüstung hinabsprach, hat jedenfalls Angst gehabt, das sah man sogar von Schwaig aus, und die da unten müssen es auch gesehen haben. Oder war es die deutsche Stimme, waren es die deutschen Worte oder der deutsche Tonfall, die etwas aufweckten am Grund ihres Rausches, ein böses Fünkchen, das, vom Alkohol genährt, blitzschnell aufflammte. Psie! schrie einer, Swinio! Tschorzu! und dann flatschten Mistbrocken gegen die Balkonlatten, prasselte Kies an der Hauswand herunter. Ein Fenster klirrte. Herr Stämmle hob beschwörend die Arme. Hinter dem Vorhang flatterte ein Schatten auf.

Ein Schuß fiel, danach Stille, die schwarzen Gestalten im Hof erstarrten, bis Jagas Stimme loskreischte: O Matko Boza, swieta Maryo, wyslawiam Cie i podziwiam za niepojete laski ... Es war aber gar nichts passiert. Nur der Herr Stämmle war ins Zimmer zurückgeflohen, hatte die Tür zugeknallt und einen Zipfel seines Morgenrocks draußen gelassen. So eilig hatte er es, ins Zimmer zu kommen, und traute sich nicht, die Balkontür wieder aufzumachen, die in der linken oberen Ekke ein kleines Loch hatte. Sonst war gar nichts passiert.

Jetzt fingen die Leute im Hof an zu lachen und die Lampions zu schwenken. Dabei bogen sich ihre Körper wie im Sturm. Sie fielen sich um den Hals, tanzten und sprangen und der Harmonikaspieler zog einen Tusch aus. Dann schlug einer ans Holz der Haustür und schrie auf deutsch: Aufmachen! Das war Olczak! sagte Max.

Der Herr Stämmle muß sich durch den hinteren

Stallausgang davongemacht haben. Sein Auto hat er in der Scheune stehenlassen müssen, weil in den Reifen keine Luft mehr war. Vom Fenster der Apfelkammer aus haben wir ihn kommen sehen, zu Fuß, mit Koffern links und rechts, hinterdrein die schluchzende, auf Stöckeln hüpfende Sekretärin, die nach Hause wollte, nichts wie raus hier und heim. Anni, die gleich unten war, wach und angezogen, als hätte sie drauf gewartet, hat den Herrschaften die Koffer zur Fähre getragen. Das war ein Geflenne und Geschimpfe unter dem Auwald. Bis ins Fährboot hinein schluchzte die Sekretärin, schimpfte der Herr Stämmle, den man schlecht verstand, weil er in der Eile sein Gebiß auf dem Nachtkasten vergessen hatte.

Nicht mal die Zeit hatten sie ihm gelassen, sein Gebiß reinzustecken, Saubande, Polackenpack! Aber wartet nur! Man hat Beziehungen zu den Amis, höhere Stellen, versteht sich, kultivierte Leute, mit denen man reden kann von Mann zu Mann. Die wissen schon, was sie sich aufgeladen haben mit dem Gesindel, sind doch alles Kriminelle, der Hitler hat schon gewußt, warum er sie eingesperrt hat, und die Amis wissen das auch. Da ist was im Gange, man hört so einiges, die brauchen uns noch gegen den Russen! Das hätte ihnen ein bißchen früher einfallen sollen, aber keine Bange, wir kommen schon wieder hoch und das

Pack in den Dreck, wo es hingehört. Jawohl! schrie der Herr Stämmle vom Boot aus nach Lindach hinüber, wir kommen wieder!

Und Anni hat fleißig mitgeschimpft, als hätte sie nicht eigenhändig Jagas Hochzeitskuchen gebacken und auf ihrer Nähmaschine das Brautkleid genäht, als hätte der Valenty auf seiner mißglückten Flucht nicht des Schwaigers Rock auf dem Leib und Schwaiger Rauchfleisch im Rucksack getragen. Mit wem halten Sie's eigentlich? hat der Oberst Anni gefragt, als sie vom Überfahren zurückkam. Mit den Polen? mit uns? mit den Amis? mit dem Herrn Stämmle? Da lachte sie nur, steckte sich vor dem Spiegel den Zopf hoch und sagte: die Polen gehen weg, ihr geht weg, die Amis gehen weg, aber solche wie der Herr Stämmle, die kommen wieder.

Eine Weile haben wir noch vor der Haustür gestanden, während die Hochzeitsgäste eine Art Polonaise durchs Lindacher Wohnhaus tanzten. Alle Lichter brannten, sogar der Kronleuchter, den der arme Herr Baron nur zu den großen Festen und Musikabenden angezündet hatte. Alle Fenster standen offen, so daß man das Poltern der stürzenden Möbel, das Klirren splitternden Porzellans hören konnte. Dann wurde es stiller, und im oberen Stock gingen die Lichter aus. Im Damenzimmer der Frau Baronin schlief jetzt das Brautpaar,

Jaga hat es der Anni erzählt, als sie am anderen Morgen die geliehenen Tortenplatten zurückbrachte. Aliczia und Rozalie haben das französische Bett frisch bezogen mit den gestickten Laken aus dem Wäscheschrank und haben vor der echten Barockmadonna im Winkel die Kerze angezündet, die noch nie gebrannt hatte. Dann haben sie sich vor dem Brautpaar verneigt, haben eine gute Nacht gewünscht und sind leise aus dem Zimmer und die Treppe hinab.

Unten, am offenen Kamin, haben die Gäste bis zum Morgen in den Ledersesseln gelegen und zur Harmonika gesungen. Langgezogene Klänge in Moll flossen über den ergrauenden Talgrund nach Schwaig hinüber, dazu sang der Harmonikaspieler, dessen Stimme noch keiner gehört hatte:

Zehn Brider seyn mir gwesen, hobn ghandlt
    mit Wain
Eyner is gstorbn, is geblieben nain
Schmerl mit der Fidel, Tevje mitn Baß
schpielsche mir a Lidele mitten auf der Gaß
oi oi oi oi oi oi oi oi oi oi

Erinnerst du dich an den Abschied im Herbst 45? Meine großen Versprechungen? Der Lastwagen, der die letzten Evakuierten, Versprengten, Hängengebliebenen in die kaputten Städte zurückfah-

ren soll, steht schon am Straßenrand, Plane hoch-
geschlagen, Holzbänke ohne Lehne im dämmrigen Inneren. Die Leute steigen ein, verstauen
Gepäck, rangeln um Vorzugsplätze, ich nicht. Ich
kann mich nicht trennen, stehe immer noch bei dir
neben dem Leiterwagen, auf dem wir das Gepäck
transportiert haben, spreche tränenerstickte letzte
Worte: Nie werd ich vergessen, was du für mich
getan hast! Ich schreib dir! Ich komm wieder!
Und du sagst, daß ich das Schwarzgeräucherte
abbürsteln soll, damit ich mir nicht die Hände
schwarz mache beim Abschneiden, das scharfe
Messer steckt in der Seitentasche des Rucksacks.

Und dann kommt der Mann mit dem Fahrrad,
auf den ich seit Tagen warte; ausgerechnet jetzt, in
letzter Minute, will er das Geschäft doch noch
machen; Fahrrad gegen Wehrmachts-Schreibma-
schine. Max hilft mir, sie aus dem inzwischen
überfüllten Wagen zu wuchten, das Fahrrad zu
verstauen, während der Fahrer ungeduldig auf die
Hupe drückt und die Leute zu schimpfen anfangen. Keine Zeit mehr für letzte Worte. Du schiebst
mich über die Rampe in den schon fahrenden
Wagen, und ich schaue zurück, ob du denn keine
einzige Träne vergießen willst. Ach nein, du hast
schon den Schwengel des Leiterwagens gepackt,
wendest dich ab, ehe die Plane fällt.

Sind schon zu viele aus deinem Leben gegangen

und nicht zurückgekommen, Elsabeth, Robert, die Freier, nun ich. Willst es gar nicht erst einreißen lassen, das Trauern und Warten und Aufhorchen, jedesmal wenn ein Auto in den Hof fährt, und die Enttäuschung, wenn's wieder nichts ist. Menschen kommen, nehmen von dir und gehen. Nichts bleibt außer der Arbeit. Also besser gleich weitermachen, ohne Pause, ohne Umschauen, ohne Horchen nach innen, wo etwas aufbrechen könnte. Abwenden, einkaufen, Sachen aufladen, den Wagen nach Hause ziehen, grade noch rechtzeitig, um die Knödel in die Suppe zu legen ...

Fast ein Jahrzehnt hat es gedauert, bis ich wiederkam um zu bleiben. Kein Brief dazwischen, kein Gruß, nur ein peinlicher Kurzbesuch auf der Durchreise in den Süden, mit Freund, erinnerst du dich? Ich mag nicht dran denken, weil die Person, die ich damals war, nichts weiter im Kopf hatte, als dem Freund vorzuführen, wie ich – Stadtmensch, Lebemensch – mit den einfachen Leuten umgehen könnte: Umarmungen, Küßchen auf beide Wangen, alberne Versuche, eure Sprache zu sprechen. Du hast das miese Spiel nicht mitgespielt, hast uns gleichgültig bewirtet wie Fremde, nicht gewinkt, nicht geschaut, als wir enttäuscht davonfuhren ...

114

Bei der zweiten Ankunft war ich nicht mehr allein. Man sah noch nichts, aber das Kind war da. Kaum war das Testergebnis heraus, hatte ich angefangen, nach dem richtigen Ort für die Geburt zu suchen, obwohl noch viel Zeit war, ein Frühling, ein Sommer dazwischen.

Das letzte Stück Autostop von München ins Voralpenland fuhr ich in einem Taumel von Vorfreude, versprach dem Fahrer, einem schläfrigen Amerikaner, den Trip seines Lebens: ein Deutschland, wie man es in alten Büchern findet, ein Fischwasser, eventuell ein Nachtlager, eine echte bayerische Brotzeit mit echten bayerischen Menschen, das alles, wenn er mich, bittesehr, bis zur Haustür brächte. Das tat er denn auch, steuerte geduldig den gewaltigen Umweg, stoppte mit kreischenden Bremsen im Hühnergeflatter. Ich öffnete den Schlag, setzte den Fuß auf den Boden, zögerte, von einem kalten Hauch angeblasen beim Anblick des schäbigen, vom Dach in den Boden gedrückten Hauses, Feuchtigkeit in den Wänden, enge Räume hinter geranienverdunkelten Fensterlöchern, kein Mensch, keine Anni, um die verlorene Tochter zu empfangen ... Is that the place you were talking about? fragte der Fahrer.

115

Nein, nein, das ist es nicht, da muß was passiert sein. Ich kann's ihm nicht erklären, versteh es selber nicht, möchte ihn nur noch los sein, so schnell wie möglich: tut mir leid, vielleicht ein anderes Mal. Bedanke mich, schau ihm nach, dem Blitzen von Chrom und Lack zwischen abgeernteten Feldern, letzte Verbindung zur Welt, schnurrt in den Hohlweg, entschwindet.

Ihr müßt das Auto gesehen haben von der hinteren Wiese, wo ihr das letzte Heu von den Heinzen genommen und aufgeladen habt. Als ich winkend und rufend näher kam, habt ihr kurz die Hand über die Augen gelegt, herübergeschaut, dann einfach weitergemacht, du auf dem Bulldog, dicker Hintern im Sitz, enge Augen mit weißen Strahlen drumrum, wo beim Zusammenkneifen die Sonne nicht hinkommt, hast das Gas weggenommen, aber weitertuckern lassen, hast mich schreien lassen gegen den Lärm. Nichts von Überraschung, geschweige denn von Freude. Deine Hand hab ich mir selber vom Lenkrad holen müssen. Steif lag sie in meiner, rutschte wieder heraus, als ich losließ, zum Schalthebel, legte den ersten Gang ein und weiter ging's. Gabel und Rechen rauschten vorbei.

Begreifst du, daß ich nicht stehenbleiben konnte zwischen den leeren Heinzen, im Getucker des sich entfernenden Bulldogs? Daß ich sofort weitermußte, irgendwohin, wo einer sich freute, mich wiederzusehen? Max Kramer, der Freund von damals. Am Anfang bin ich ganz langsam gegangen, nach hinten horchend, ob du nicht rufen würdest. Aber du hast nicht gerufen.

Als ich am Abend von meiner vergeblichen Suche zurückkam, war ich allein, wie ich noch nie im Leben allein gewesen war, Fuß vor Fuß setzend in der roten Dämmerung und den Hohlweg hinunter ins Nebelloch, vorüber am rasenden Hundegekläff von Bruck und Lindach. Kein Licht hinter den Küchenfenstern. Du, sonst immer die letzte am Abend mit Aufräumen, Abwaschen, Katzen herauslassen, hast nicht gewartet, bist einfach ins Bett gegangen. Kein Zettel auf dem Küchentisch. Ich bin die Stiege hinauf, hab im Vorübergehen ganz leise an der Kammertür gekratzt und noch einmal gehofft, als das Licht innen anging. Aber die Stimme, die mich anrief, war nicht deine, sondern eine fremde, schlaffeuchte Männerstimme: komm nur rein!

Ich drücke die Tür zurück und sehe den neuen Mann behäbig im Kissennest. Er zwinkert mir zu und zeigt mit dem Kinn auf das Bett nebenan, da liegt dein Gesicht auf dem Kopfkissen, fremd, starr, dunkel wie eine kupferne Maske, Augen und Mund fest geschlossen, Kinnlade vorgeschoben, als bissest du dahinter mit aller Gewalt die Zähne zusammen.

Der Mann sieht das nicht, wie könnte er sonst dieses gemütliche Kollern über die Lippen bringen, diese satte, zufriedene Stimme, mit der er mich zum Hinschauen auffordert: Da schaust, Dirndl, weil's gar so gut ist, 's Verheiratetsein. Möchtest auch so liegen, gelt, in so einem Ehebett, bei so einem Mann! Und nestelt unter dem Federbett, will mir was zeigen, ich will's nicht sehen, ziehe die Tür ins Schloß, fliehe polternd über den Gang, in die Apfelkammer, ins Bett, unter die Schutzengel in Rosa und Blau.

War das die Strafe für zehn Jahre Vergessen? Auf solche Fragen gibt Anni keine Antwort. Was immer sie gefühlt hat – Trauer, Ärger, Enttäuschung, Zorn –, hat nie einen Namen bekommen, ist mit Worten nicht zu erreichen. Ich rede, sie schweigt. Wir leben in verschiedenen Wirklichkeiten, aber ihre ist wirklicher. Sie ist das frischbezogene Bett, das ich beim Erwachen wahrnehme, und der Wiesenduft in den gebügelten Laken und meine Tasse mit Enzianmuster auf dem längst abgeräumten Frühstückstisch, als ich am nächsten Morgen herunterkomme, daneben das Sieb zum Auffangen der Milchhaut, vor der ich mich ekle. Daß sie so etwas nicht vergißt, daß sie dran denkt, daß sie es tut, ist ihre Art, Gefühle zu sagen, und als ich beim Aussprechen meiner prekären Beichte – ein Kind, kein Vater, kein Zuhause – ins Stot-

118

tern gerate, hilft sie mir über die Peinlichkeit weg,
indem sie sagt, daß sie es gleich gewußt hat, gesehen von Anfang an, obwohl doch gar nichts zu
sehen ist. Darfst dableiben, darfst in der Kammer
neben der Küche entbinden, beiläufig über die
Schulter gesagt beim Knödelbrotschneiden.

Ich falle ihr um den Hals, zerre sie weg vom
Knödelbrot, sing ihr ins Ohr: bist wieder gut!
magst mich wieder! – Spinnastl, sagt sie, entwin-
det sich, lacht. Das jedenfalls hab ich fertiggebracht mit meinen Albernheiten: das Nachtgesicht
vertreiben. Den Panzer schmelzen. Damals ging
das noch. Was wird aus Gefühlen, wenn sie nie in
Worten herauskommen? Was tun sie in dem versiegelten, gepanzerten Innenraum? Es gibt keine
Möglichkeit zu erfahren, was in Anni vorgeht,
außer durch Schauen, Hören, Riechen, Fühlen,
Schmecken. Wenn sie sich ärgert, klappern die
Töpfe, die Holzkiste fliegt krachend unter den
Herd, die Bestecke werden achtlos über den Tisch
gestreut. Gute Laune äußert sich in gellendem
Pfeifen und stolzem Gang, in einem spielerischen
Übermut der Bewegungen, der sich den Dingen
mitteilt. Wenn sie Leute nicht mag, läßt sie sie
einfach verschwinden. Viehhändler Dombrowski
kann sich noch so breit machen auf dem besten
Platz am Tisch – sie sieht ihn nicht. Er muß sich
sein Bier selbst holen. Für ihn wird nicht auf-

gedeckt. Wenn er im Winter einen Bierwärmer braucht, weil sein Magen nichts Kaltes verträgt, muß er jedesmal danach fragen. Weltverdruß-Joe bekommt seinen Bierwärmer immer, auch wenn er ihn gar nicht will. Anni hat Joes Magen zu ihrer Sache gemacht. Er gehört zum Haus, sozusagen, auch wenn sie Joe hundertmal einen Schlawiner nennt. Man muß ihre Gefühle aus den Dingen und Tätigkeiten herausholen, eine andere Möglichkeit gibt es nicht.

Aber einmal an diesem Morgen hat sie sich doch mit Worten verraten, wenn auch verschlüsselt und hintenrum über das Bürschchen, das die ganze Zeit, während wir redeten, in der Kanapee-Ecke saß und vor lauter Spannung den Flaschensauger aus dem Mund rutschen ließ. Flori, ihr erstes und damals noch einziges Kind, drei Jahre alt muß er damals gewesen sein, war auch am Tag vorher auf der Wiese dabei gewesen, ein winziger, ernsthafter Arbeitsmensch, der mit einem Minirechen hinter den Großen hertrabte. Nun endlich nahm ich ihn richtig wahr, seine Augen, die blaß und bang jede unserer Bewegungen verfolgten.

Ist das dein Junge? fragte ich und dachte: wo hab ich diese Augen schon mal gesehen? diesen ergebenen Dulderblick. Plötzlich fiel es mir ein. Er sieht seinem Großvater ähnlich! sagte ich und streckte die Hand aus, um ihn zu streicheln. Da flutschte er mir unter den Händen weg, versteckte sich hinter der Mutter, zupfte sie am Rock, bis sie sich zu ihm herunterbeugte und sagte: Jetzt kriegst ein Geschwisterl zum Spielen. Bist nimmer allein. So hab ich erfahren, daß sie mich angenommen hatte und mit mir die Kinder, die ich ihr eins nach dem andern ins Nest legte.

Daß Anni verheiratet war, hätte ich wissen können. Beim Kramen in alten Briefen habe ich die Einladung zur Hochzeit gefunden. Und den Mann hab ich schon gesehen, als er zum erstenmal ins Tal kam, ausgerechnet an dem Sonntag meines fatalen Besuches mit dem Freund auf der Durchreise. Gesehen, vergessen – so wenig hat mich damals berührt, was mit Anni geschah. Oder wollte ich mir mein Bild nicht kaputtmachen lassen? Nun muß ich mir von anderen erzählen lassen, wie es gewesen ist, von den Nachbarn und von der billigen Elfriede, der Hausiererin, die alles, was mit Liebe und Heiraten zu tun hat, in ihrem sehnsüchtigen Herzen aufbewahrt.

Die Tanten hätten ihn zugebracht, sagt sie, die hätten gewußt, daß in Frasing einer zu spät aus Sibirien gekommen war, das Sach schon übergeben, die anderen Kinder ausgezahlt. Und was die mal haben, geben sie nicht mehr raus. Einheiraten muß er. Wär das nicht was für unsere Anni? Ein Braver! hat auch der Pfarrer gesagt, bei dem er

121

als Kind ministriert hat. Versteht sich auf Bauernarbeit. Ist nie von daheim weggewesen außer zum Militär und dann gleich nach Rußland, den ganzen Krieg dabeigewesen und noch zwei Jahre drüberraus in Gefangenschaft. So einer stellt keine Ansprüche. So einer ist froh, wenn er ein Dach über den Kopf kriegt.

Die Tanten haben ihn hergeführt, den verspäteten Kriegsheimkehrer zu der verlassenen Kriegerbraut. Eines Sonntags sind sie mit dem Zehn-Uhr-Bus in Robend angekommen, die Tante aus Moosham und die aus Frasing und der Mann im Sonntagsanzug und Sonntagshut. Gleich nach dem Aussteigen nahmen sie ihn in die Mitte und führten ihn zur Herrnberger Kirche hinauf, grade zur richtigen Zeit, als die Messe aus war, die Kirchgänger herausströmten und in Gruppen beieinander standen, um Neuigkeiten auszutauschen. Die wußten gleich, noch ehe die Tanten den Mund aufmachten, daß dies der neue Schwiegersohn für Schwaig war, und kurz darauf wußten sie auch, wo er herkam und was es da gab an Grund und Wald und Vieh, allerdings nicht für ihn, weil er zu spät aus Sibirien gekommen war. Und daß in Schwaig ein Mann gebraucht wurde, wußten sie sowieso. Wie sich das trifft!

Und die Liebe? hat Elfriede gesagt, die immer nur an das eine denkt, was ist mit der Liebe? Die kommt schon mit der Zeit, sagten die Frauen. Mit der Ehe kommt die Liebe ganz von allein. Hauptsache, er hat zwei Hände zum Schaffen und einen

Puckel zum Tragen und in der Hose etwas zum Kindermachen.

So verfügten sie in einer Art Chorgesang über Annis weiteres Leben, während die, von der die Rede war, in Schwaig am Herd stand und für die Gäste kochte, die überraschend von auswärts gekommen waren – ich und der Freund –, und als Anni den Tisch aufdeckte, war ihre Heirat schon komplett im friedlichen Rund des Herrnberger Kirchplatzes, zwischen den ockerfarbenen Wänden von Kirche, Pfarrhaus, Altersheim, Brauerei, Bräustube, wo die Sonne am Mittag zu Honig gerinnt, aus Blumenkästen feurig die Geranien leuchten und der Teich mit den trägen, von Kirchgängern gemästeten Goldfischen weißblauen Himmel spiegelt. In der stillen Mittagshitze ist dem Mann der Schweiß ausgebrochen unter dem schwarzen Rock. Er wäre gern auf ein Bier in die Bräustube gegangen, aber die Tanten ließen ihn nicht. Durch den Torweg mit den bemalten Rittern links und rechts, durch den sonnenfleckigen Lindenschatten trieben sie ihn weiter auf dem weißen heißen Weg. Er war nicht so gut zu Fuß wie die Tanten, wegen der in Rußland erfrorenen, im Lazarett wegoperierten Zehen, und seine Backen waren nicht von Gesundheit so rund, sondern vom Hunger beziehungsweise von dem, was Elfriede Edöme nennt. Hat jeder sein Päckchen zu tragen, sagte die Tanten, als sie ihn seufzen hörten, die Ältere, Crescentia, Magengeschwüre, die Jüngere, Theresa, ein verkorkstes Kreuz. Beim Arbeiten in der Mühle ist ihr ein Kornsack draufgefallen, was ein Unglück war, aber auch ein Glück, denn nun kriegt sie Rente und braucht keinem zur Last zu fallen, und für die Kinder wird auch noch was übrigbleiben. Ja, an die Kinder, Annis Kinder, hatten sie auch schon gedacht.

Als sie vom Weg abbogen in die Wagenspuren mit Grasnarbe dazwischen, die zum Wegkreuz, dann ins Tal hinabführten, war keiner mehr hinter ihnen außer Elfriede, die ja für niemanden zu kochen hat und sich Zeit nehmen kann zum Schauen, zum Lauschen, zum andrerleuts Leben mitleben. Nah heran traute sie sich nicht, wegen der Tanten, von denen die Ältere als eine rechte Beißzange gilt. Also blieb sie ein wenig zurück, streckte dafür den Oberkörper mit dem fast kahlen Kopf und dem guten Ohr weit voraus, um von den Stimmen da vorn etwas mitzukriegen. Heiß is! sagte der Mann und warf einen sehnsüchtigen Blick auf die Bank neben dem Kreuz und den Baumschatten darüber, aber die Tanten hörten ihn nicht und schauten sich nicht um. Die spüren nichts von heiß, sagt Elfriede. Die kriegen die Winterkälte nie aus den Knochen. Mit krummem Zeigefinger zeigten sie über den Weizen, der golden unter dem Lerchengeklingel lag, und über Haus, Stall und Stadl von Kammer und über den blau zwischen Wiesen aufblitzenden Fluß auf das rote Dach dahinter.

Das is! sagten sie. Schon recht, sagte der Freier, ließ die Bank links liegen, folgte den Tanten bergab, wie er immer gefolgt war, dem Vater und dem Pfarrer, dem Spieß beim Militär, der Krankenschwester im Lazarett, den Wachsoldaten im Gefangenenlager – ein Braver, wie der Pfarrer später an seinem Grab gesagt hat, braver Sohn, braver Ministrant, braver Soldat, braver Wojna Plenny, braver Freier. Nur gerastet hätte er gern im Schatten, ein wenig verschnauft nach der langen Reise im Güterwagen durch Wälder und Steppen westwärts zu einem Heim, in dem kein Platz für ihn war, und weiter. Schon recht! sagte er und trottete schneller trotz der Schmerzen in den Zehen, die gar nicht mehr dran waren. So was glaubt einem keiner, daß etwas weh tun kann, was gar nicht mehr da ist.

Den Tanten nach ging er die Serpentinen hinunter ins Tal, während Elfriede auf der Bank sitzen blieb und blind, weil sie die Augen nicht von dem Freier lassen konnte, in ihrer Henkeltasche herumkramte, bis sie das Fläschchen Melissengeist fand, das sie immer bei sich trägt gegen die Traurigkeit und das Alleinsein. Sie nahm einen tiefen

Schluck und noch einen und noch einen, hustete zwischendurch, weinte ein bißchen beim Gedanken an den Freier, den die Tanten zur Ehe führten, und an Anni, die ihn nehmen mußte, obwohl sie noch an einen anderen dachte. Daß Anni Nein sagen könnte, kam ihr nicht in den Sinn. Als sie genug getrunken und geweint hatte, stand sie auf und rannte hinter den anderen her zur Fähre, nicht etwa, weil sie zum Mittagessen eingeladen werden wollte, sondern weil sie ein Mitgefühl für die Menschen hat.

Sie ist aber dann doch zu ihrem Mittagessen gekommen. Auf einen Esser mehr oder weniger kam es nun auch nicht mehr an, und der Tisch war schon ausgezogen für die anderen Gäste. Weiße Hosen hätte ich angehabt, sagt Elfriede, und einen dünnen Pulli, unter dem alles zu sehen war, Haare hochgesteckt wegen der Hitze. Der Freund sei ein Stiller gewesen oder verlegen, hätte mich von der Seite angeschaut, während ich pausenlos geredet hätte. Der wäre am liebsten auf und davongegangen, als ich losprustete über der Suppe beim Anblick des Freiers, der von den Tanten über die Schwelle geschoben wurde. Lachend hätte ich in die Runde geschaut, ob keiner mitlachen wollte, aber die saßen alle über die Teller gebeugt und schwiegen. Vor Schrecken hätte ich mich verschluckt oder so getan, sei hustend aus der Küche

127

gelaufen und draußen geblieben. Nach kurzer Zeit sei der Freund mir gefolgt. Durch das Fenster hätte man uns flußaufwärts gehen sehen, das Badezeug über der Schulter.

Ich war also nicht dabei, kann's mir aber vorstellen, wie beim Essen die Blicke den Freier abtasteten – die Qualität seiner Kleider, die Muskeln darunter, die Hände, was sie wohl heben und tragen und schaffen könnten; wie ihre Nasen aus dem Küchenbrodem den neuen Geruch filterten – fremde Kleider, fremdes Sach, fremde Kästen und Kammern. Als sie die Teller mit Brot auswischten, Löffel, Gabel und Messer sauber abgeleckt hineinlegten und sich, das Gesicht zur Madonna, zum Gebet aufstellten, hatten sie schon eine Meinung von ihm, keine schlechte, nehme ich an, obwohl noch nichts gesprochen war außer Nimm! Iß! Ist genug da. Und dann: Gegrüßet seist du Maria und so weiter. Amen, sagte Elfriede laut.

Danach gingen die Männer das Sach anschauen – Haus, Stall, Sudl, Werkstatt, Holzhütte, Hühnerstall, Bienenhaus, Garten, Fährhaus, Fährschiff, Kartoffel- und Rübenacker, die Wiesen. Wie der Alte bröselte der Junge Erde zwischen den Fingern, kaute an Halmen, trabte, heimlich die Schritte zählend, von Grenzstein zu Grenzstein, und als alles gesehen war, setzten sie sich in die Laube und knöpften den Hosenbund auf, damit der Bauch herauskonnte.

Langsame Honigzeit tropfte durch den Holunder. Gelb die Wiesen vom Löwenzahn, die Gräser und Kräuter fett und kräftig, hoch genug für den nächsten Schnitt. Sonntag, kein Bulldog, kein Gespann unterwegs, keine Säge von fern, nichts als das Dröhnen im Bienenhaus und das Kakeln der Hennen im Sandbad. Mit offenem Türloch gähnte das Haus in die Mittagshitze, auf der Schwelle dehnten sich die Katzen, und tiefer im Hausgang kühlte der Hund seinen Bauch auf den Steinfliesen, spitzten die Frauen die Ohren, kriegten nichts mit als ab und zu Aufschnaufen, das fast wie ein Schnarchen klang, und von oben, aus der Elternschlafkammer, ein unverschämtes Gekicher. Wer hat da gekichert?

Na, wer schon! sagt Elfriede, und plötzlich weiß ich wieder, wie es war, wie ich diesen Tag wahrgenommen habe. Auf dem Rückweg vom Schwimmen habe ich dem Freund gesagt: ich muß mich mal um Anni kümmern, sie ist so seltsam. Ja, das miese Wort »kümmern« habe ich gebraucht. Der Freund ist an der Bucht zurückgeblieben, und ich bin nach Schwaig gelaufen und habe Anni unter einem Vorwand in die obere Kammer gelockt. Nachdem wir ihre Aussteuer angeschaut hatten, haben wir am Fenster hinter dem Fliegen-

129

draht gestanden, geflüstert, gekichert über die beiden Männer in der Laube, wie sie aus dem Halbschlaf hochfuhren, als Bier gebracht wurde, und allmählich in Fahrt kamen, lauter wurden, die Krüge krachen ließen beim Reden vom Krieg.

Da konnte der Junge was erzählen und der Alte mußte zuhören, auf Pausen warten, um etwas von seinem Krieg anzubringen, vierzehnachtzehn im Schützengraben vor Verdun – so sonntags nachmittags in der Laube zwischen Mittagessen und Brotzeit ist der Krieg eine feine Sache gewesen, eine Sache für Männer. Der Freier konnte gar nicht erwarten, seinen Trumpf auszuspielen, die erfrorenen Füße! Längst hatte er unter dem Tisch die Schnürsenkel gelöst, nun zog er langsam und wichtig Schuhe und Socken aus, setzte einen nackten Fuß auf die Bank, zeigte mit dem Finger auf die schwärzlichen Zehen und die Lücke dazwischen, wo es immer noch weh tat. Wer lacht da? was gibt's da zu lachen?

Wir duckten uns unter die Fensterbank, warfen uns über das Elternbett, lachten und lachten, wälzten uns, wimmerten, keuchten, stöhnten vor Lachen. Endlich richtete ich mich auf und sah auf Anni hinab, die immer noch über dem Bett lag, ganz still jetzt der braune Nacken mit dem kleinen Pelz, dem Silberkettchen, den Muskelsträngen zur

Schulter hin. He, was ist los? sagte ich, drehte sie um, zog ihr das Kissen vom Gesicht. Du weinst doch nicht?

Die Antwort weiß ich erst jetzt. Sie steckte in den Dingen, die um uns herumstanden, die ich nicht sah, weil meine Gedanken schon weiter waren, bei dem Freund und der Fahrt, die an diesem Tag noch über die Alpen führen sollte. Da standen die Ehebetten der Eltern, schmale Schragen, geteilt durch einen handbreiten Spalt und zu beiden Seiten die Nachtkastl, auf jedem ein Gebetbuch mit Rosenkranz, darüber die Schutzengelbilder und zwischen ihnen die Heilige Familie und darüber, gleich unter der niedrigen Decke, das Kruzifix. Neben der Tür die Weihwasserschale, schräg aufwärts im Schnitzrahmen König Ludwig, braunlockig, glutäugig ins Weite starrend, daneben auf einem braunstichigen Foto die Kompanie, drei Reihen winziger Köpfe mit Schnurrbärten, das Krätzchen über der Stirn, die Kokarde senkrecht zur Nasenwurzel, die erste Reihe sitzend mit gekreuzten Beinen hinter Pyramiden aus aneinandergelehnten Gewehren, der sechste von links mit einem Kreuzchen markiert. Und noch mal der Vater in groß, diesmal mit Ausgehmütze, Uniformkragen bis unters Kinn, aufwärts gezwirbelter Schnurrbart, daneben das zart kolorierte Hochzeitsbild: ein todernstes Paar trotz Lächelns, sie zwei Köpfe kleiner als er, schaut zu ihm auf, er über sie weg. Dahinter, im Spiegel und die Wand der Kammer entlang, dicht an dicht, lückenlos, unerbittlich: das Sach. Schränke, Truhen, Kommoden, Kartons bis zur Decke, und unter den Betten und auf den Fensterbänken, vollgestopft mit Aussteuer. Nie benutzt das feine Porzellan, vierundzwanzigteilig mit Blumenmuster, Bettleinen in Ballen, Kleiderstoffe für Kinder und Kindeskinder, Leibwäsche und Bettwäsche, Babysachen und Sterbehemd, an alles gedacht, für alles gesorgt, gegen alles gesichert, kein Loch zum Ausschlüpfen. Wie sollte da einer Nein sagen lernen?

Ich seh Anni vor dem Spiegel stehen, die Bluse in den Rock stopfen, die Haarnadeln so fest in den Knoten stoßen, als sollten sie bei der Stirn wieder herauskommen. – Du wirst doch nicht? sagte ich. – Ohne mich anzuschauen, ging sie hinaus.

Der Freund war immer noch nicht zurück. Ich bin zur Bucht gegangen, um ihn zu holen, und auf dem Weg durch die Au haben wir im Ufergebüsch eine Reihe von Stäben mit roten Käppchen entdeckt, die nach Meinung des Freundes irgendeine Planung anzeigten: Wegebau, Flurbereinigung, Uferregulierung. Wahrscheinlich werden sie die Bucht wegregulieren, sagte der Freund, das ist der Trend: Ordnung schaffen, aus Flüssen Kanäle ma-

chen, Wasserkraft ausnutzen. Ich hab's mir nicht
vorstellen können: meine Bucht! Das können sie
doch nicht machen! Aber dann bin ich doch noch
einmal zurückgelaufen und habe alle Stäbe, die ich
finden konnte, aus der Erde gezogen und in den
Fluß geworfen – für alle Fälle ...

Später, da waren wir längst fort, haben sie alle
miteinander in der Laube gesessen, Vater, Mutter,
Freier, Tanten, Nachbarn, Elfriede, haben Ge-
selchts gegessen und Bier getrunken und Anni,
mit frischer Schürze und wassergekämmtem Haar,
hörte nicht auf zu lächeln und zu schweigen, während sie zwischen Küche und Laube hin- und
herrannte, auflud, eingoß, nötigte.

Als der Freier fragte, ob er ihr mal seine erfrorenen Füße zeigen sollte, ließ sie es nicht dabei
bewenden sie anzuschauen, nein, sie nahm erst
den einen, dann den anderen in ihren Schoß, beta-
stete die Zehen, drückte, fragte, ob's weh täte, und
als er ihr anvertraute, daß nichts seinen armen
Füßen so wohl täte wie ein lauwarmes Bad, rannte
sie in die Küche, holte das graue Zinkwännchen,
das Familienfußwaschungsschafferl voll mit warmem Wasser aus dem Herdschiff, setzte ihm selbst
die Füße hinein und sich daneben, ein frisches
Handtuch von den Besseren aus der Aussteuer im
Schoß, zum Abtrocknen ...

Das war ihr Jawort, obwohl sie den ganzen

133

Abend kein Wort geredet hat. Hat sie auch keiner gefragt. Ausgesprochen hat sie das Ja erst in der Kirche und keine Träne dabei vergossen. Bei der kennst du dich nicht aus, sagt Elfriede. Aber ich weiß, jetzt weiß ich's, daß die Tränen im Kissen keine Lachtränen waren.

Eine lustige Hochzeit soll es gewesen sein, Essen und Trinken im Überfluß und eine Blaskapelle zum Tanzen. Der Herr Stämmle von Lindach hat alles organisiert, der war schon wieder ganz obenauf trotz der schlechten Zeit nach dem Krieg, und auf die Anni hat er schon immer große Stücke gehalten. Als er sie zum Walzer holte, hat man sein blaues Wunder erlebt, wie die tanzen konnte, obwohl sie so selten im Leben zum Tanzen gekommen war. Wie auf Wolken ist sie in Herrn Stämmles Arm durch den Saal geflogen, rund und rund, bis es ihm schwarz vor den Augen wurde. Sie hat ihn, nicht er sie, zum Platz führen müssen, und als er im Stuhl niedersank, soll er gesagt haben: Die hat's in sich. So eine hätte man heiraten sollen.

In der Hochzeitsnacht haben die Nachbarinnen ein Schreien gehört, obwohl die Höfe weit auseinander liegen und der Fluß laut ist bei der Nacht. Trotzdem wollen es alle gehört haben, sogar gesehen, in einer Finsternis ohne Mond, wie ein weißes schreiendes Hemd aus der Haustür sprang und an der Holzhütte vorüber die Obstwiese hinauf. Dort hängte es sich an den Stamm eines Apfelbaums, man weiß auch an welchen, bog sich, krümmte sich wie im Sturm, obwohl kein Wind ging in dieser Nacht, und rannte weiter, kroch durch den Weidezaun, lief ein Stück in die Weide hinein und duckte sich in die Erde, so tief, daß nichts Weißes mehr vorsah.

Aber zur Melkzeit ist es wieder heimgekehrt. Wo hätte es auch hingehen sollen? Niemand hätte ihm aufgemacht. So verschlossen wie die Kammer der Eltern waren in dieser Nacht alle Höfe im Tal, und rundum stemmten die Hügel ihre schwarzen borstigen Rücken in den Himmel: Kehr um, Hochzeiterin, sonst holt dich die Frau Percht!

Den nassen Saum durch das Gras schleppend, kehrte das Hemd zwischen den Obstbäumen zum Haus zurück und zur Stalltür hinein. Der Hochzeiter hat nichts gemerkt. Trotz der zehn auf verschiedene Zeiten gestellten Weckeruhren, die die Hochzeitsgäste im Schrank, in der Kommode, unter den Ehebetten versteckt hatten, hat er unbandig geschlafen, nachdem er getan hatte, was der Segen des Priesters erlaubte.

Die Frau ist nicht wieder weggelaufen, weder bei Tag noch bei Nacht, und seht nur, sagen die Nachbarinnen, seht nur, was das für eine gute Ehe geworden ist.

Kurz darauf ist der Vater gestorben. Der hatte schon jahrelang Schmerzen im Leib gehabt und ausgehalten, weil das Aushalten sein Stolz war. Als er dann doch ins Krankenhaus kam, war es zu spät. Ganz allein hat er auf der Intensivstation sterben müssen. Dr. Fröschl war damals selbst krank, sonst hätte er nicht zugelassen, daß man ihn wegbrachte. Der wußte ja, daß einer wie der Schwaiger nichts so sehr fürchtet als das Weg-von-Daheim und Allein-Sterben.

Beim Leichenmahl soll der neue Schwiegersohn mächtig angegeben haben, was er alles anders machen würde in der Landwirtschaft und auch im Haus, wo er jetzt der einzige Mann und Herr war unter lauter Weibern. Auch in der Gemeindeversammlung werde er den Mund auftun und sich nicht alles gefallen lassen, wie der Vater sich alles hatte gefallen lassen, denen würd er's mal zeigen. Dabei soll er die Frau um die Hüfte gegriffen haben, als wollte er allen beweisen, daß diese Frau und das Kleine, das sie im Leib hatte, ihm allein gehörten und daß er alles damit machen könne, und Anni hat stillgehalten, obwohl sie sicher gern heimgegangen wäre. Aber der Mann hätte noch nicht gewollt, hätte sich noch brüsten müssen vor der Öffentlichkeit mit der goldenen Uhr des Vaters mit Kette über dem Bauch.

Als er mal austreten mußte, hätten sie ihm Schnaps ins Bier gegossen, das sind so ihre Späße. Anni hätte nichts dagegen getan, auch nichts gesagt, als er wiederkam. Als sie endlich aufbrachen und ins Freie traten, wären die Füße unter ihm weggerutscht. Anni hätte sich vor ihn gestellt, ihn gegen die Wand aufrecht gehalten und alle vorübergehen lassen mit Gruß und Dank, bis der Hof leer war. Dann hätte sie sich gebückt, mit beiden Händen hinter sich gegriffen, hätte ihn sich aufs Kreuz geworfen und ihn durch den Torweg hinausgetragen. Wird ihn wohl schnell wieder abgesetzt haben, sagt die Bräuwirtin, der ist zwar klein, aber seit er verheiratet ist, hat er Gewicht zugelegt. Ich glaube das nicht.

Ich seh sie mit ihrer Last durch die Dunkelheit traben, ohne Absetzen den Hügel hinauf und die Serpentinen hinunter und in den Nebelsee eintauchen, der in klaren Nächten wie weißes Wasser in der Talsenke steht. Ich glaube, daß auf dem schweren Weg zwischen Leichenmahl und Ehebett die Entscheidung gefallen ist, wer von jetzt an Herr sein würde in Haus und Hof, aber der Mann, der Eingeheiratete, hat es nie erfahren.

Er hat es gut gehabt in Schwaig, bekam das Essen immer als erster, das zarteste Stück Fleisch, den größten Knödel, und wenn er heimkam von der Arbeit, war immer warmes Essen im Rohr. Das Brotzeitpaket war immer gerichtet, die Thermosflasche mit heißem Kaffee gefüllt, die Kleider sauber gewaschen, gebügelt, gestopft, geflickt, bei Bedarf erneuert, seine Füße gepflegt, seine entzündeten Augen mit Kamille gebadet, die Magentropfen bereitgestellt. Nie hab ich gehört, daß Anni ihm widersprochen hätte. Was sie wollte, geschah indirekt, durch die Dinge, durch Menschen, durch das Nutzen und Beeinflussen verborgener Ströme und Kräfte. Entscheidungen, die der Mann lauthals verkündete, waren längst vorher eingefädelt und vorbereitet. Wer etwas durchsetzen wollte in Schwaig, wendete sich an sie. Wen Anni aufnehmen wollte, der blieb, wer ihr nicht paßte, mußte gehen, und das größte Kunststück von allem war, daß alle Beteiligten der Meinung waren, was sie taten oder nicht taten, sei ihr eigener Wille.

Bist ein Glückspilz, sagten die Nachbarn, hast eine gute Frau und die beste Köchin im Tal. Dann wuchs er hinter dem Tisch, spielte sich auf als einer, der sich mit den Weibern auskennt, richtig hernehmen muß man sie, zureiten im Bett, dann fressen sie dir aus der Hand. Anni behielt derweil den Tisch im Auge, räumte ab, brachte Nachschub. Nur einmal, als einer sie fragte, wie es ihr denn gefiele, das Verheiratetsein, sagte sie leise und rasch, als hätte es schon lange in ihr bereitgelegen: Wenn ich's noch mal zu tun hätte, das Heiraten ... nie mehr tät ich's, nicht ums Sterben! Die Leute am Tisch haben es für einen Witz genommen, der Mann auch. Das Nachtgesicht hat keiner gesehen.

Waren sie glücklich miteinander? Solche Fragen

gehen ins Leere. »Zufrieden« ist der höchste Ausdruck ihrer Gefühle, und da sie mit allem zufrieden sind, da alles, was ihnen passiert, »schon recht«, oder »nicht unrecht« ist, könnte »zufrieden« auch heißen »kümmere dich um deinen eigenen Kram«, was Anni natürlich nie sagen würde. So könnte »zufrieden« am Ende nichts weiter bedeuten, als eine höfliche Form zu sagen, daß nichts zu sagen ist.

Kinderkriegen ist keine Krankheit, sagt Anni. Sie hat bis zum letzten Augenblick gearbeitet, noch während der Wehen. Ich will es auch so machen. Ich will alles so machen wie sie, nur das Korsett will ich nicht, das sie mir stillschweigend aufs Bett legt, ein schweres, steifes Ungetüm mit Stangen und Schnüren. Wie hast du das nur ausgehalten?

Ohne Korsett hätte sie nicht arbeiten können, sagt sie. Der Bauch wär ihr weggefallen. Ich stelle mir vor, wie der Bauch wegfällt, wie er die kleine Person zu Boden zieht. Milch hat sie für zwei gehabt, die ist ihr nur so weggelaufen. Jeden Tag ist eine Frau aus dem Dorf gekommen, um Annis abgepumpte Milch für ihr Kind zu holen. Die hat eine Brust wie ein Kuheuter gehabt, aber nichts drin. Ist gar nicht gesagt, daß die mit den großen Brüsten viel Milch haben, sagt Anni mit Seitenblick auf meinen schwellenden Busen. Ist auch nicht gesagt, daß sie wenig haben, gebe ich gekränkt zurück.

Ich verändere mich, und die Welt verändert sich mit. Langsam, träge, kuhähnlich, den Oberkörper nach hinten geneigt, um die Balance zu halten, bewege ich mich in einer langsamen Welt. Auch die Gedanken bewegen sich langsamer, in einem Kreis

141

mit sich verengendem Radius immer rund und rund um den Tag X. Darüber hinaus ist Niemandsland. Dafür bin ich nicht zuständig. Anni ist ja da.

Sobald es warm wird, gehe ich schwimmen, nackt, weil der Bikini hinten und vorn nicht mehr paßt. Im Wasser bin ich nicht schwer. Mit winzigen Bewegungen treibe ich in der Kreisströmung der Bucht, auf dem Rücken liegend betrachte ich meinen weißen Bauch, der wie ein aufgehender Mond hinter mir herschwimmt. Ich lasse den Kopf nach hinten sinken und unterhalte mich mit meinem Kind. Wenn ich mit nassen Haaren zurückkomme, wendet Anni sich kopfschüttelnd ab.

Anni hat zwei Körbchen vom Dachboden geholt, eins für das Kind mit einem hölzernen Rädergestell darunter, das andere mit Babyzeug: Stoffwindeln, kleine und große Moltontücher, handgenähte Hemdchen, Baumwolljäckchen, alles winzig. Sind sie wirklich so klein? frage ich. Sei froh, wenn es klein ist, sagt sie, dann tust dich leichter. An meinem Geburtstag stecken wir das ganze Zeug in den Waschkessel, lassen es durchkochen, legen es mit Seife getränkt auf die Bleiche, damit es weiß wird, wie neu. Die Mutter hat mir einen hellblauen Schnuller geschenkt. Beide sind sie ganz sicher, daß es ein Junge wird. Sie sehen es an meinem Gesicht.

Anni hat die Ehebetten im Stübl neben der Küche auseinandergerückt, damit die Hebamme besser arbeiten kann. Das eine Bett steht nun unter dem Fenster, das andere an der Wand zur Küche, dazwischen das Nachtkastl. Die Kammer ist eng und immer dämmrig, weil sie nach Norden liegt und zum Fluß hin, der sie mit Rauschen füllt wie eine Muschel. Draußen unter dem Fenster glucksen die brütigen Hennen, die Anni eingesperrt hat, damit sie sich das Brüten abgewöhnen. Küken hat sie genug. Die letzte Brut piepst im verdeckten Körbchen neben dem Herd.

Ich bestürme Anni mit Fragen: erklär mir, wie es weh tut. Ist es wie Bauchweh? wie Krämpfe? — Es ist ein vergessener Schmerz, sagt sie. Kaum vorbei, schon vergessen. Sie hat bei Floris Geburt keinen Laut von sich gegeben. Ein tapferes Weibi, hat die Hebamme gesagt. Ich will auch tapfer sein.

Als die Schmerzen kommen, möchte ich mich am liebsten im Bett verstecken, aber Anni sagt, daß ich so lang wie möglich auf den Beinen bleiben soll. Also trabe ich in der Küche herum, stütze mich auf die Tischkante, auf die Anrichte, auf die Fensterbank, geh auf dem Betonstreifen vor dem Haus auf und ab, seh alles wie zum letzten Mal: den roten Himmel über dem Hügelkamm, die dunkelnden Büsche der Au. Man kann daran sterben, sag ich zu Anni. Früher sind die Frauen daran gestorben. So was darf man nicht sagen, sagt sie und schlägt ein schnelles Kreuz.

Am Nachmittag kommt die Hebamme zur Untersuchung. Sie findet, daß noch viel Zeit ist, setzt sich aufs Fahrrad und fährt zu einer anderen Wöchnerin. Die Tür zur Küche bleibt einen Spalt offen. Anni räumt das Geschirr ab. Wenn die Hebamme nun zu spät kommt! rufe ich durch den Spalt. Die kommt schon zur Zeit, sagt Anni, aber wenn's ist – ich kann es auch, das Entbinden. Ist nichts dabei. Ich höre, wie sie noch einmal einschürt, den großen Kessel mit Wasser füllt und auf die Herdplatte wuchtet. Die Schmerzen sind stärker geworden. Ich stöhne unter der Decke. Den Vorsatz, keinen Laut von mir zu geben, habe ich aufgegeben. Stilles Dulden ist offenbar nicht meine Sache. So was muß man trainiert haben von Kind auf. Man muß das wollen, seinen Stolz dreinsetzen. Ich bin anders, g'schissen, würde Anni sagen.

Hinter den Fenstern wird es dunkel. Die Hebamme zieht mir das Federbett weg, ein Schrank von einer Frau, mächtige Schultern und Hände, steifgestärkte Schürze. Beugt sich über mich, schaut. Legt mir die großen warmen Hände auf den Bauch. Ganz locker, sagt sie, laß kommen, laß durchgehen. Wenn's zum Pressen ist, sag ich Bescheid. Wie geht das, Pressen? sag ich. Genau wie beim Scheißen, sagt sie. Ich bin nicht wie du, sag ich schluchzend zu Anni. Ich muß einfach heulen. Heul du nur, sagt sie. Hauptsache, du wirfst den Kopf nicht nach hinten beim Pressen. Sonst hast du morgen rote Augen und Flecken im Gesicht und dein Bub kriegt einen Schrecken, wenn er dich anschaut. Glaubst du, es lebt? sag ich. Und wie, sagt die Hebamme.

Ich bäume mich auf. Anni drückt mir den Kopf nach vorn, auf die Brust. Jetzt, sagt die Hebamme, jetzt druck und fest und fest und druck und noch mal. Schwarze Haar hat's. Man sieht's schon! Anni gibt mir ihr Handgelenk in den Mund: beiß nur zu! Ein Bub, sagt die Hebamme, alles dran, hält's hoch, läßt es baumeln, nimmt die andere Hand dazu, läßt es verschwinden in den großen Händen, trägt's weg, eine Handvoll, hab's gar nicht richtig gesehen. Später, sagt sie.

Huschen und Tuscheln um mich herum. O je, sagt die Mutter im Jammerton. Irgendwas stimmt nicht. Sie machen an mir herum, heben mich hoch, schieben mir etwas unter, kaltes Metall. Sie sollen mich nicht anfassen. Muß sein, sagt die Hebamme, sonst schwimmst du uns davon. Wo ist Anni? Anni soll kommen! Sie ist zum Telefonieren, sagt die Hebamme. Der Doktor muß kommen. Du blutest. Ich seh Anni laufen. Klock klock machen die Holzschuhe in meinem Kopf. Siehst du, jetzt

145

sterb ich, sag ich zu ihr. War's doch keine Anstellerei mit dem Heulen und Jammern. Jetzt heul ich nicht mehr. Jetzt bin ich tapfer wie du.

Anni schleudert die Holzschuhe von den Füßen, nimmt die Abkürzung am ausgetrockneten Bach entlang, läuft um mein Leben, während mein Leben aus mir herausläuft. Um die Wette laufen sie, Anni und mein Leben. Ich schaue zu, weit weg, still im Gemurmel der Hebamme, im Geklicker des Rosenkranzes, den sie durch die Finger gleiten läßt: heilige Maria, Mutter Gottes, bitte für uns jetzt und in der Stunde unseres Todes!

Tut mir leid, sagt Dr. Fröschl, aber wir müssen noch mal ran. Anni hält die Taschenlampe, während er näht. Ich schimpfe vor mich hin: daß sie mich nicht in Ruhe lassen können. Daß sie mir dieses gemeine Licht in die Augen schießen. Berge von weißem Zeug am Fußende. Soll das alles in mich hinein? Gleich, sagt er, gleich darfst du schlafen. Sein Altmännergesicht beugt sich über mich, spiegelnde Goldrandbrille. Ich kneife die Augen zu, suche in meinem Kopf herum: irgendwas war doch noch! Ich hab's auf der Zunge, kann's nicht herausbringen. Meine Gedanken greifen nicht mehr. Es rutscht einfach weg, verliert sich im Dunkeln. Später, sagt der Doktor, schlaf jetzt.

Aus dem Nassen gehoben, ins Trockne gelegt, schaukle ich wie ein welkes Blatt bei Windstille abwärts durch Räume, die sich unter mir öffnen und über mir schließen. Neun Meter haben sie graben müssen, bis sie auf Grundwasser stießen. Ein gewaltiger unterirdischer See, schwarzes Strömen, das mich tiefer hinunterträgt, einer Stimme entgegen, die immer schon da war, aber ich war zu laut, sie zu hören. Nun bin ich still und höre zu: Herzkönig über den grünen Weg, die schwarze Dame bringt Unglück, ein Todesfall, eine große Reise, Pikbube, viel Geld steht ins Haus. Dazu das Knipsen von Karten auf den Tisch. Gemurmel, Gekicher, Rauch von des Doktors schwarzer Virginia.

Allmählich kommt's mir, was die da drüben machen, Anni, der Doktor, die Hebamme. Der Mann hat's verboten, hat das alte Kartenspiel mit den Zeichen am Rand weggesteckt, aber nun hat Anni es wieder herausgeholt, schlägt auf dem Küchentisch die Karten auf, liest Schicksal aus den Bildern, vielleicht meins. Ich hebe den Kopf aus dem Kissen, lausche mit angehaltenem Atem. Plötzlich fährt ein Ton in mein Ohr, dünn, wie das Jammern von neugeborenen Katzen. Ich spür es innen, ein Stich, als wäre ein Faden gespannt zwischen dem Ton und dem Innen, der sich strafft und spannt und weh tut. Das war es, was ich vergessen hatte! Das Kind! rufe ich, klopfe an die Wand. Was ist mit dem Kind?

Der Singsang verstummt. Schritte, Flüstern. Anni bringt es, wickelt das Bündel auf, Lage um Lage, bis ein Winziges, Nacktes übrigbleibt, Bauchbinde um die Mitte, schwarzes Schöpfchen am oberen Ende, legt es mir auf den Bauch, stopft das Kissen drumrum. Da hast du ihn, deinen Buben.

Flaumgekitzel unter dem Kinn. Ich schiebe mich tiefer unter das Federbett, leg mein Gesicht an seins, Haut so zart wie das Häutchen im Ei, Augenmulden, Nasenhügel, darunter Feuchtes, das sich bewegt, Atem.

Die Tür steht jetzt offen. Wenn ich den Kopf wenden würde, könnte ich sie am Tisch sitzen sehen, drei freundliche Geister, über die Karten geneigt, mein Leben und das meines Kindes aus Bildern lesend.

Am anderen Morgen zeigt mir die Hebamme eine winzige Wunde in der Leistenbeuge des Kindes. Da hat das verknotete, von einer Sicherheitsnadel durchstochene Ende der Nabelschnur gelegen und gescheuert, während Anni um mein Leben lief. Haben wir dich ganz vergessen, sagt die Hebamme zum Kind, mußt schon entschuldigen, von jetzt an bist du die Nummer eins.

Eine Woche lang kommt sie jeden Morgen vorbei, um mich in Babypflege zu unterweisen. Die Kammerin kommt mit zwei gerupften Täubchen im Korb über den Fluß. Zum Weiset bringen die

148

Nachbarinnen himmelblaue Jäckchen und Strampelhosen. Glucksend vor Wohlgefallen schauen sie zu, wie die Hebamme mir das nackte Kind zum Baden in die Hand gibt. Keine Angst! greif ruhig zu, es bricht nicht.

Ich halt's auf der Hand, tauche es ins Wasser, fahr ganz sanft über den Bauch mit dem verpflasterten Nabel und in die enge Falte zwischen Kinn und Brust, dreh's um, das schlüpfrige Fischchen, fühle den Rücken, die Wirbelsäule zart wie Vogelgebein, die flaumige Wölbung des Schädels. Es lebt. Es rührt sich wohlig im Wasser. Es ist neu auf der Welt. Die rosigen Sohlen haben noch nie die Erde berührt. Anni führt Floris widerstrebende kleine Hand über die Fontanelle: da ist's noch nicht fertig, das Kind. Fühlst du, wie es klopft?

Die Nachbarin erzählt von ihren Entbindungen. Zwölf Mal hat sie geboren, neun Kinder sind ihr geblieben und Hängebauch und Krampfadern, blaues Schlangengeflecht die nackten Beine hinauf. Wo hast du nur deinen Bauch gelassen? fragt sie mich.

Die Wöchnerin macht Gymnastik, sagt die Hebamme stolz. Kopfschütteln, bedenkliche Mienen: Gymnastik im Wochenbett? soll das gut sein? Unsereins arbeitet, das ist auch Gymnastik, sagt die Kammerin. Beifälliges Gekicher, als das Kind beim Herausheben einen dünnen Strahl ins Wänn-

149

chen schießt: schaut nur, das Männlein! Ins vor-
gewärmte Badetuch gehüllt wandert es von Arm
zu Arm, wird gelobt, gestreichelt, geküßt, herum-
getragen, verglichen mit anderen, die allesamt größer und schwerer waren. Brauchst dir nichts denken, der wird schon. Hast Glück gehabt, sagt der
Doktor, der auf dem Weg zum Fischen vorbei-
kommt. Bist dem Tod von der Schippe gesprungen.

Wenn wir ins Heu gingen, haben wir das Körbchen unter den Apfelbaum gestellt und eine Windel darüber gebreitet gegen Mücken, Fliegen und Bienen. Der weiße Spitz – Lotti hieß er, erinnerst du dich? – hat sich daneben gesetzt und aufgepaßt. Sobald ein Fremder den Hof betrat, hat er das Bellen angefangen, und wenn das Kind unruhig wurde, jaulte er so laut, daß wir es bis zur Wiese hören konnten. Dann ließ ich den Rechen fallen und rannte hinüber, weil man ein Kind nicht schreien lassen darf, hast du gesagt, weil Kinder nur schreien, wenn sie was brauchen und das soll man ihnen geben, nicht, wie die Neumodischen sagen: schreien lassen! an feste Zeiten gewöhnen! Ein Kind hat seine eigenen Zeiten, man muß es nur lassen.

Alles, was ich weiß vom Kinderaufziehen, hab ich von dir gelernt. Nur mit dem Möhrensaft warst du nicht einverstanden, gib's zu! hast hinter meinem Rücken gemurrt über das dünne gelbe Zeug im Fläschchen. Wie soll ein Kind davon groß werden?

Ist aber doch groß geworden, hat zur richtigen Zeit den Kopf gehalten, sich aufgerichtet, gesessen. Bloß laufen wollte es nicht, so oft die Tanten es auch auf die Füße stellten und durch die Küche leiteten, ist lieber gekrabbelt, hat sich die Welt lieber von unten angeschaut, aus der sicheren Höhle zwischen Tisch- und Menschenbeinen. So schnell ist es gekrabbelt, daß man sich gar nicht hat umdrehen dürfen, schon war es verschwunden, und einmal ist es unter die Bienen geraten. Siebenundzwanzig Stiche, am Kopf, am Hals, unter den Armen. Du hast ihm die Stacheln ausgezogen, während wir in Dombrowskis Mercedes zum Doktor fuhren, und als auf der Rückfahrt das Kind plötzlich zu schreien aufhörte, als es schrecklich starr und still in meinem Schoß lag, als ich schreien wollte: es stirbt! hast du mich fest am Handgelenk gepackt und gesagt: es schläft!

Zu Hause haben wir es von oben bis unten in feuchte Laken eingepackt und schlafen lassen bis spät in den nächsten Morgen, und als es aufwachte, sah es aus wie eine Mißgeburt, total verschwollen. Ich bin mit ihm zum Bienenhaus gegangen und habe ihm lang und breit erklärt, was passiert war und daß es nie mehr, nie mehr zum Bienenhaus gehen darf. Hinter meinem Rücken haben die Tanten den Kopf geschüttelt, weil man bei Kindern mit Reden nichts ausrichtet. In den Hintern muß man's ihnen gerben mit dem Kochlöffel. Sie hätten es mir gern abgenommen, das Schlagen, aber das haben wir, du und ich, nicht zugelassen.

Du hast nie geschlagen, weder deine noch meine Kinder. Die deinigen waren auch brav, die hatten von Anfang an einen Verstand, was man tun darf und was nicht. Der meine hat das nicht mitbekommen, obwohl er doch genau wie die deinen aufgewachsen ist. Oder doch nicht genau so? Vielleicht mit etwas mehr Aufmerksamkeit und einer gewissen Scheu, weil's ja meiner war, für eine andere Art Leben bestimmt? Nur ein einziges Mal hat der Mann ihn geschlagen. Kinder, meinte er, brauchen eine feste Hand, eine Männerhand, damit was aus ihnen wird. Schaut mich an, sagte er, aus mir ist auch was geworden.

Es hat Streit gegeben, einen heftigen Wortwechsel im Hausflur. Du hast nichts gesagt. Danach hat er das Kind nicht mehr angeschaut, wenn ich dabei war. Aber einmal, als er nicht wußte, daß ich zuschaute, hat er es auf dem Schoß gehabt und den Nachbarn am Tisch in der Laube erzählt, wie gescheit es schon sei, hätte kaum angefangen zu sprechen und könnte schon zwei Sprachen perfekt: Bayerisch wie ein Hiesiger und Schriftdeutsch wie die Mama. Er hat das Kind »Oachkatzlschwoaf« und »Loabedag« sagen lassen, und die Nachbarn haben es gelobt und ihm Münzen für die Sparbüchse zugesteckt. Als sie ihm aber vom Bier zu trinken geben wollten, hat der Mann es auf den Boden gestellt und mit einem Klaps weggeschickt. Weil seine Mama sich einbildet, daß es kein Bier trinken soll, hat er erklärt und den Nachbarn durch Zwinkern zu verstehen gegeben, wie spinnig er das findet, aber die städtischen Weiber sind nun mal so, und das Kind kann nichts dafür.

Wie hast du es fertiggebracht, daß er die fremde Brut duldete? Welche Fädchen hast du gezogen, daß jeder von uns eine winzige Wendung vollzog, grade so viel, daß wir, ich und das Kind und der Mann, glatt aneinander vorbeikamen? Dabei hast du nie was gesagt. Auf wessen Seite du standest, wen oder was du unterstütztest, was du eigentlich wolltest, war nicht herauszukriegen. Weißt du noch, wie ich dich angebrüllt habe, als die Helden vom Robender Veteranenverein über mich herfielen, weil ich mir erlaubt hatte, in einem Zeitungsartikel über das innige Einverständnis zwischen bayerischer Frömmigkeit und bayerischem Militarismus herzuziehen? Kriegerwitwen haben mich angespuckt auf der Straße. Männer wollten mich notzüchtigen, verprügeln, ersäufen, ein Haberfeldtreiben gegen mich veranstalten. Der Mann fing schon an zu kippen. Und du, was willst du? hab ich dich angebrüllt, soll ich bleiben, soll ich gehen?

Es hat Jahre gedauert, bis ich begriff, daß in deinem Leben kein Platz war für unbedingte Entscheidungen. Da hing eins am anderen und wenn etwas bewegt werden sollte, mußte das Ganze bewegt werden, winzige Schritte, Winkelzüge. Mit verächtlichem Schnaufen und Abwenden, mit wortlos-verbissenem Herumwirtschaften hast du auf mein Geschrei reagiert. Ich halte es sogar für möglich, daß du mitgeschimpft hast, wenn die Helden am Biertisch über mich herzogen. Aber nach und nach ist der Volkszorn erloschen wie ein Brand, den man in einen Brunnen wirft, und am Ende war alles so, wie es vorher gewesen war: wir blieben im Haus, das Kind und ich. Das war es wohl, was du eigentlich wolltest.

Die Kinder haben es gut gehabt bei dir. Beim Gemüseputzen, Teigrühren, Gartengrasen, Holzaufrichten hast du sie helfen lassen, sogar das scharfe Messer haben sie nehmen dürfen, und es ist nie was passiert. Draußen war genug Platz zum Rennen, Schreien, Welterobern. Drinnen waren sie still. Das brauchte man nicht zu sagen. Die Ordnung war da, jeden Tag die gleiche. Sie wuchsen hinein, liefen mit, lernten vom Zuschauen: Herumliegendes wird aufgeräumt, Zerbrochenes heilgemacht, Arbeit geht vor, mit Brot spielt man nicht, beim Essen wird nicht geredet, die Großen haben das Sagen.

Wenn ich von Stadtfahrten zurückkam, hat mein Junge nach Kuhstall gerochen und mich fremd angeschaut. Anamama nannte er dich. Du warst die, die immer da war, ich nur die Mutter. Es wäre dein gutes Recht gewesen, ihn ganz für dich zu nehmen, aber das hast du nie versucht, bist weggegangen, deiner Arbeit nach, hast uns allein gelassen. Und wenn ich länger fort war, hast du mir Briefe geschrieben, aus denen ich lesen sollte, daß er mich vermißte. Wenn ich dabei war, hast du ihn nie geküßt, nur einmal, als du nicht wußtest, daß ich durchs Fenster schaute, hast du deine Liebe herausgelassen. Frisch gewindelt lag er auf dem Küchentisch, lachte dich an, zog dein Gesicht an den Haaren zu sich hinunter. Da konntest du zärtlich sein, küssen, streicheln, Koseworte in das winzige Ohr blasen. Dein Gesicht so weich, so offen, wie ich es nie vorher gesehen hatte. Ich mußte mich festhalten, um nicht dazwischenzugehen, mein Kind an mich zu ziehen: es ist meins, nicht deins!

Plötzlich sah ich, daß noch ein anderer am Fenster stand und zusah, dein Flori, der damals vier war und gerade über die Fensterbank schauen konnte. Ich nahm ihn an der Hand und führte ihn zu den kleinen Igeln in der Holzhütte. Dabei sprach ich klug auf ihn ein: wie froh wir doch sein könnten, daß wir so einen großen vernünftigen Jungen hätten, wo kämen wir denn hin, wenn wir den ganzen Tag hinter diesem Krabbelmonster herlaufen müßten. Er ist neben mir hergetrottet, hat nichts gesagt, die kleinen Igel nicht angeschaut, kein Zeichen gegeben, daß irgend etwas von meiner Psychologie hinter seine Stirn gedrungen sei. Was ging in ihm vor?

Er war so, wie du einmal gewesen bist, vernünftig und brav, hat nie Schwierigkeiten gemacht, nie nein gesagt, seine Angst verbissen, als er später zur Schule mußte, den weiten einsamen Weg durch den Buchenwald und am Friedhof vorbei, zu dem dein Vater dich hat prügeln müssen. Er ist ihn ohne Widerrede gegangen mit dem viel zu großen Schulpack auf dem Rücken, hat winzig in einer der hinteren Bänke gesessen. Die Lehrerin kannte ihn kaum. Ein braver Schüler, aber zu still, so hat es auch in deinem Zeugnis gestanden. Wenn ich ihn mittags abholte, blieb ich in angemessener Entfernung vom Schultor stehen, um ihn nicht in Verlegenheit zu bringen. Aus Augenwinkeln sah ich zu, wie er sich aus der Rotte der Kinder löste und mit gemessenem Schritt, ohne mir einen Blick zuzuwerfen, über die Straße ging. Erst wenn ihn niemand mehr sehen konnte, durfte ich seine Hand nehmen. Dann spürte ich, wie sie sich in der meinen bewegte, ein winziges Zupfen, Picken, Kratzen, als hätte ich ein lebendiges Vögelchen in der Hand und müßte es schützen vor etwas, was ich noch nicht wußte, obwohl es in seinen Augen

157

schon da war. Wenn wir dann am Boot waren und der meine mir über die Bänke entgegenturnte, ließ ich ihn los und vergaß ihn.

Meine Freunde aus der Stadt haben es nicht verstanden, daß ich es in dem abgelegenen Tal aushielt. Urlaub ja, aber dort leben? so weit weg von allem. Wie sollte ich ihnen klarmachen, daß Schwaig für mich nicht draußen, sondern drinnen war, nicht weit weg, sondern die Mitte? Das Gute an dieser guten Zeit war ja unsichtbar. Es lag in dem Zeitmaß, das allen Bewegungen innewohnte, und in den Formen, in die es sich fügte. Aus dem Wechsel von Tag und Nacht, aus der immer wiederkehrenden Abfolge der Jahreszeiten, aus dem Geborenwerden und Aufwachsen unserer Kinder ergab sich eine Art Rondo der Arbeiten und Ruhepausen, der Alleingänge und Zusammenkünfte, in dem alle Beteiligten ihren Part beherrschten und ihn ohne Angst und Hast, in moderatem Tempo ausführten, auch ich, inzwischen erwachsen geworden, sogar nützlich mit meinem alten VW, dem ersten Auto im Haus. Meine Arbeit waren die Einkäufe, Transporte, Behördengänge, das Aufsetzen von Briefen und Anträgen, das Ausfüllen von Formularen, das Dichten von Knittelversen zu Familienfesten, das Aufspielen mit der Harmonika.

Ganz früh am Morgen, bei einem gemächlichen

Frühstück, stellte Anni die Weichen für den Tag. Dann lief er von selbst – eine lockere Choreographie mit Raum für Sonderwünsche und Improvisation: meine Arbeit am Schreibtisch, Annis Lust an Kindern, Pflanzen, Tieren, auch solchen, die zu nichts nütze waren außer zum Anschauen und Staunen. Die orientalische Wunderblume, die Christrosen, die Riesenbegonien, das Mandelbäumchen, Zwerghennen, Puten, Tauben, Hasen, das dreibeinige Reh und was alles dazukam an ungezähmtem Getier, Schwalben im Kuhstall, Stare in den Vogelkästen, Igel unter der Holzlege, im Winter die Rehe an der Wildfütterung, das Vogelgewimmel ums Futterhäuschen.

Die Kinder spielten ihre Spiele ums Haus, von unsichtbaren Grenzen gehalten, die keiner vorschreiben mußte, die einfach da waren, im Kopf, in den Beinen, in dem Wunsch, bei den anderen zu sein. Am Abend war Zeit zum Sitzen und Reden und Singen. Einer nach dem anderen traten die Nachbarn aus der Dunkelheit, schoben sich in die Bank, jeder mit seinem Repertoire an Liedern und Geschichten, und der Kammerer Konrad mit seiner Trompete, auf der er schrecklich die Waldeslust blies.

Da waren noch Glühwürmchen in der Au. Fledermäuse huschten lautlos über die Köpfe. Vom Fluß herauf dufteten die Maiglöckchen, ein ganzes

Feld neben dem Fährenweg, da wo jetzt nur noch der Bärlauch wächst. Neben der Bucht gab es Maimorcheln, und flußabwärts stand noch die Linde, von der wir zu Anfang des Sommers Blüten pflückten für Lindenblühtee, der immer auf der Herdseite stand, gut für das Blut und zum Schwitzen. Grillen saßen in Löchern unter der Wiese, Krebse in der Böschung unter dem Fährsteg und massenhaft Frösche im Schilf, die klatschend ins Wasser sprangen, wenn ich zum Baden kam. In der Bucht rasteten die Wildenten auf ihren Wanderzügen, nisteten Schwäne, flitzte der Eisvogel. Auf seinem Feldstuhl saß Dr. Fröschl mit mehreren Angeln und wassergekühlten Bocksbeutelflaschen und wartete auf seinen Fünfzig-Kilogramm-Waller. Im Winter kamen Iltis und Fuchs bis zum Haus, Glutaugen in der Finsternis, flüchtende Schatten im Schnee, wenn der Mann mit dem Schützengewehr aus dem Fenster schoß. Der Schnee so hoch, daß man kaum aus dem Fenster schauen konnte und das Fährboot im Randeis festgefroren. Mit dem Pickel mußten wir's losschlagen, um die Schulkinder überzufahren.

Was haben wir alles miteinander gemacht in dieser guten Zeit: Holzsammeln und Holzaufrichten, Lindenblühzupfen, Hennenrupfen, Gartengrasen, Mistbreiten, sogar zur Tagelohnarbeit hast du mich mitgenommen, zum Garbenbinden und

Mandlaufstellen auf dem Lindacher Feld. Wenn ein Familienfest stattfand, war ich ganz selbstverständlich dabei, hab auch was dafür getan, das mußt du zugeben. Hab Verse gemacht und mit der Harmonika aufgespielt, und einmal sind wir im Winter zu dritt, der Mann und du und ich, zum Tanzen gefahren, Bauernhochzeit im Großen Postsaal. Alle Tänze habe ich mitgetanzt, sogar den Schweiner, bei dem der Mann mich über den Puckel hinweg platsch auf den Boden setzte. Beim Heimfahren sind wir vor lauter Lachen in einen Schneehaufen gefahren und steckengeblieben, haben den Wagen nicht mal ausgeschaufelt, obwohl der Spaten im Kofferraum lag, sind einfach zu Fuß weitergegangen, haben weitergelacht. Du auch. Ja, damals hast du noch lachen können.

Wie hat das alles so schnell vergehen können? Wo haben wir unsere Augen und Ohren gehabt, daß wir nicht merkten, wie eins nach dem anderen wegging: Maiglöckchen, Maimorcheln, Krebse, Frösche, Grillen, Glühwürmchen, Fledermäuse. Unsere gute Zeit ...

Es hat Signale gegeben, Schrecksekunden, ein vages Unbehagen, wenn hier und da eine Veränderung sichtbar wurde, jede für sich unbedeutend, zufällig. Man hätte das Ganze sehen müssen, aber dazu war es zu nah, in uns, um uns herum, überall und nirgends.

Was denn? Wovon ist die Rede? Nun gut, Anni ist zusammengebrochen. Das sah man, aber war das nicht nur ein winziger Teil, ein Symptom von etwas Größerem, das man nicht sah? Wann hat das angefangen? Kam es von innen oder von außen? Wurde es gemacht oder erlitten? Kann man von Schuld sprechen? Wessen Schuld?

Keiner hat was dafür gekonnt, daß die Kühe Tbc kriegten, und was ist daran auszusetzen, daß Leute ihre materielle Situation verbessern wollen? Lange genug haben sie sich schinden müssen, um das nackte Leben zu haben, nun ging es aufwärts. Der Lohn für Arbeit in der Chemie war bedeutend höher als der in der Herrnberger Ökonomie. Soll man dem Mann einen Vorwurf machen, daß er tat, was alle taten? Lag es nicht nahe, daß Schwaig, immer schon Treffpunkt für Nachbarn und Freunde, Gastwirtschaft wurde? Wo lag die Kippe, der Knackpunkt, an dem Aufwärts sich in

Abwärts verwandelte? Oder war es von vorneherein ein falsches Aufwärts? Woran mißt man Aufwärts und Abwärts? Am Wohlbefinden der Menschen? Was ist Wohlbefinden? Wer will sagen, ob Anni in der Dämmerung gelähmter Gehirnteile und dämpfender Medikamente sich nicht wohler befindet als in der unerbittlichen Beschränkung der Häusler-Existenz, ganz zu schweigen von der Arbeitsraserei der Wirtinnenjahre?

Den Anfang machte Richard Dombrowski. Die Leute im Tal kannten ihn schon vom Kriegsende her als Zahlmeister der deutschen Wehrmacht und Schwarzhändler der ersten Stunde. Als er nach Jahren wieder auftauchte, hatte er den Bonus des alten Bekannten, nannte alle beim Vornamen, wußte Bescheid in Ställen und Höfen. Ehe man sich versah, war er drin: ein Fortschritt zum Anfassen. Vom Hausierer zum Waschmittelvertreter zum Viehhändler zum Immobilienmakler. Vom Fahrrad zum Moped zum Volkswagen zum Mercedes Diesel.

Ich seh ihn noch kommen, jeden ersten Montag im Monat, früh, wenn im Tal noch der Nebel steht. Tuckert den Hohlweg hinunter – dickes Mehlgesicht hinter der Scheibe, dickes Grinsen, dicke Hand, bischöflich-leutselig grüßend, wenn ein Bauer die Schubkarre voll Eingegrastem den Wegrand entlang schiebt. Stellt den Kaffee warm,

Dombrowski ist unterwegs! Während das Tal still-
hielt unter Regen und Sonne, hat die Welt sich
gedreht, Dombrowski dreht mit. Immer auf dem
laufenden, hat hier was laufen und da was laufen,
bringt Schwung in den Laden.

Der Wagen vollgepackt mit Kisten, Eimern,
Kartons, im Kopf ein paar Geschäftchen mit Pro-
vision, im Bauch sechs Spiegeleier mit Speck, die
ihm die Witwe, bei der er wohnt, fürs Beischlafen
spendiert, bricht er mit Dieselgetöse und Diesel-
gestank in die Höfe und direkt vor die Haustür.
Stemmt sich aus dem Wagen, reibt sich mit dem
roten Taschentuch über den Kahlschädel, der oben
spitz ist, unten breit, Hängebacken, Speckkinn,
winziger Mundschlitz, daraus fließt unaufhörlich
Rede und Gelächter. Weiches Knötchen von Nase,
gut zum Schnüffeln, zum Wittern, zum Überall-
Reinstecken. Wäßrige, weißumwimperte Augen,
darüber steigt hoch und spitz die Stirn in den
Schädel, der kahl ist bis auf den fettigen Haar-
kranz über den Nackenwülsten. Die kann er belie-
big bewegen, auch mit den Ohren wackeln, die
Wangen blähen und falten, die Augenbrauen auf-
und abrollen über dem Waschbrett von Stirn. Alles weich und elastisch wie Teig, legt sich nicht
fest, prägt sich nicht aus, mit dem Gesicht kann
Dombrowski alles machen. Er blickt sich um, ob
denn niemand da ist, dem er was aufladen kann:

ach nimm doch mal den Karton! stehst ja grade. Alter Mann ist kein D-Zug! und schon ist er in der Stube, wendig wie ein Wildschwein. Man denkt gar nicht, daß der sich so fix bewegen kann mit seinen zwei Zentnern Fleisch in Leder verpackt, nach unten sackend, in Bauch, Hintern, Hüften, die Hose kann's kaum halten, die muß er immer aufknöpfen, wenn er sich hinsetzt, mit einem kleinen Scherz, versteht sich ...

In Schwaig erscheint er immer zur Essenszeit, das richtet er sich so ein, hat längst heraus, daß die Häusler besser essen als die Bauern, die es sich leisten könnten. Die Schwaigerin kocht mit Liebe und Verstand, die läßt sich was einfallen, studiert auf Nacht Dr. Oetkers Schulkochbuch, entzündet sich an den bunten Bildern von Aufläufen und garnierten Platten, das juckt ihr in den Fingern zum Ausprobieren. Nicht, daß sie bei ihren Leuten viel Glück damit hätte. Mißtrauisch stochert der Mann in gefüllten Eiern und Kalbshaschee: wann gibt's denn wieder ein Schweiners? Da kann einem schon der Mut vergehen.

Dombrowski dagegen ist ein Mann von Welt. Er würdigt, lobt, rät, bringt Speisekarten aus Gasthäusern mit, damit sie auf dem laufenden bleibt. Bist die geborene Wirtin, sagt er und setzt sich zum Tisch, Lederstiefel weit in die Stube hinein. Komm doch mal her, Kleiner, sagt er zum Flori, gib dem Onkel die schöne Hand! Weißt du auch, daß ein braves Kind sich zweimal am Tag die Zähne putzt? Sag deiner Mami, sie soll dir Himbeerzahnpasta kaufen, schmeckt genauso fein wie das da! Rote Himbeerbonbons wandern in Kinderhände, die sich rasch drüber schließen. Zukkerzeug kracht zwischen Kinderzähnen. Gibt's vielleicht einen Mundvoll zu essen für einen hungrigen Wandersmann?

Im Hausgang, immer an der offenen Tür vorbei, huschen die Tanten. Kein Teller fällt, keine Gabel klirrt. Ganz Ohr sind sie, gespitzte Horcher, vor Neugier bebend. Hier im Loch erfährt man ja nichts! Glühend vor Herdhitze rollt die verhinderte Köchin zwischen Herd und Tisch: ein Rest gebratener Gickerl, Kartoffelsalat, grüner Salat, Bohnensalat, ein Bier zum Nachspülen. Der schlingt, schmatzt, schluckt, redet dabei, als hätte er zwei Mäuler, eins zum Essen, eins zum Quatschen, die Augen überall. Na Oma, wie klappt's mit den dritten Zähnen? Wühlt in der Tasche, hat Kukident mitgebracht. Der denkt doch an alles. Macht sich doch nicht gut, wenn das Ding immer runterfällt, kannte mal einen, der hat's verschluckt, der konnte sich damit in den Hintern beißen.

Und jetzt wär ein Kaffee gut und ein Stückchen von der Sonntagstorte. Beim Einschenken fängt er Anni am Arm, drückt sachkundig, der alte Viehhändler: Spaß beiseite, wenn du mir ein paar Eier einpackst, geb ich dir einen Tip, der ist bares Geld wert. Hör auf den alten Dombrowski, stoß die Kühe ab und bau dir ein paar Fremdenzimmer aus, fließendes Wasser warm und kalt. Ich zieh euch schon die richtigen Gäste an Land, nicht solche Knicker von Bauern, die stundenlang vor einem Bier hocken, sondern Leute mit Geld und Lebensart. Die Kleinbetriebe machen's nicht mehr lang, das weiß doch jeder, alles unter zwanzig Hektar muß weg, da muß man rechtzeitig die Kurve kratzen. Holzauge sei wachsam! Volle Pension natürlich, aufs Kochen verstehst du dich ja. Gibt's vielleicht noch ein Restchen Schlagsahne im Kühlschrank? Na, siehst du! Gasthaus zur Fähre könnte man's nennen, bunte Liegestühle auf der Wiese, ein Salettl für trübe Tage, das macht die Brauerei. Hauptsache ist das Essen: Gickerl aus eigener Zucht, Salat frisch aus dem Garten, Fische aus dem Fluß, vernünftige Preise, so was spricht sich rum. Ihr habt doch sicher was auf der hohen Kante, oder? Man will ja nicht indiskret sein, aber ganz ohne Bargeld geht gar nichts. Sag mal, schafft dein Mann immer noch in der Herrnberger Ökonomie für einen Hungerlohn und Bierzeichen? Habt ihr das nötig, jetzt, wo die Chemie wieder einstellt? Schaut euch doch mal in der Nachbarschaft um, der Kalkgruber Luck, der Bruckner

Rass haben's schon gepackt und die Brandl-Resi heiratet in die Stadt und der Enkel von Fischau studiert nicht auf Pfarrer, sondern auf Inschenier. Die Jungen lassen sich nichts mehr dreinreden, die wollen was vom Leben haben und einen fahrbaren Untersatz.

Dombrowski hält die Tasche auf, damit Anni die in Zeitungspapier verpackten Eier hineinlegen kann, zählt heimlich nach, rechnet im Kopf, nennt eine undurchsichtige Summe, bei der er angeblich draufzahlt. Macht nichts, Geld ist nicht alles im Leben, und wenn ihr mal Land verkaufen wollt, kann doch sein, wenn ihr keine Kühe mehr habt, dann denkt an den alten Dombrowski, Postkarte genügt. Land verkaufen! stöhnen die Tanten entsetzt, aber dann schleppen sie doch Dombrowskis Taschen und Kartons zum Wagen und lassen unter gellendem Protest ein kleines Trinkgeld in der Schürzentasche verschwinden. Beim Vorglühen des Diesels dreht Dombrowski das Fenster herunter, winkt, grinst: bis zum nächsten Mal, und vergeßt nicht, was ich gesagt hab! Kühe raus, Gäste rein! Und Servus. Schweigend, jeder in seine Gedanken versunken, kehren die Leute ins Haus zurück.

Wer will behaupten, daß das Flüstern und Sticheln, das bedeutsame Lächeln und Blicketauschen, das Nebenbei-Lamentieren über Beschwerlichkeiten und Mißstände, diese aus unzähligen winzigen Bewegungen bestehende Unruhe, die in dieser Zeit durch die Bauernküchen geht, irgend etwas mit Dombrowskis Besuchen zu tun hätte? Jammern über das Wäschespülen im kalten Wasser, wie der Rheumatismus die Arme hinauf in die Schultern und den Rücken entlangzieht. Aber beim Schmiederer, wo der Mann letztes Jahr in der Chemie angefangen hat, da haben sie sich eine Vollautomatische zugelegt. Und was der Mann an Zigaretten zusammenraucht, was das kostet! Ja, wenn mehr Bargeld reinkäme, dann könnte man sich einen Elektroherd leisten und irgendwann eine moderne Küche, alles auf Strom wie in Bruck. Kinderfinger wandern die Seiten des Quelle-Katalogs entlang: Kaufst du mir das, Papa? eine Carrera-Autobahn, ein Fernlenkflugzeug, einen Dreiradler, der Steffi kriegt alles, dem sein Vater geht in die Chemie.

Die Arbeiter am Stammtisch hauen in die gleiche Kerbe, indem sie nur das Beste von ihrem Betrieb erzählen, weil es ja gut und richtig sein muß, was sie da angefangen haben, und je mehr Leute es ihnen nachmachen, desto besser und richtiger, ist doch klar. Die kommen mit dem Auto zur Bräustube und tragen das Geld lose in der Tasche, zeigen her, was sie haben, und mit Farbfernseher und Gefriertruhe daheim halten sie auch

169

nicht hinter dem Berg. Da siehst du's, sagen die Weiber.

Abends, beim Zeitunglesen kommt es vor, daß jemand, ganz ohne besondere Betonung, einfach so, vor sich hinsagt: sie stellen wieder ein! Dann braucht der Mann nicht lange zu fragen, wer wen einstellt und warum sie das grade ihm jetzt sagen. Da ist es das Beste, er tut, als hätte er nichts gehört, und das Allerbeste, er schläft, wie es ihm zukommt nach der Feldarbeit. Ja, wenn sie direkt auf ihn eingeredet hätten mit Ich will! und Du sollst!, hätte er vielleicht sagen können: laßt mich in Ruh, ich bin über vierzig, ich habe zu oft neu anfangen müssen im Krieg, in Gefangenschaft, in Schwaig, in Herrnberg, ich will nicht mehr, ich bin müde. Aber direkt etwas sagen, das ist nicht die Art, wie die Frauen im Tal etwas durchsetzen, und am Ende hat er den schweren Gang doch allein antreten müssen.

Ich war nicht dabei, als der Mann sich bei der Chemie vorstellte. Was ich erzähle, hab ich vom Biertisch-Klatsch und von den Bildern, die in meinem Kopf ablaufen, wenn ich dabeisitze und zuhöre. Eines Sonntags, nachmittags, stell ich mir vor, kommt der Kammerer Konrad, der mit der Trompete, der auch in der Herrnberger Ökonomie arbeitet, nach Schwaig herüber und sagt: morgen mach ich in Herrnberg blau und fahr mal zur Chemie, schau mir das an. Fährst du mit? Kommt aufs Wetter an, sagt der Mann. Vielleicht, wenn's regnet, komm ich mit.

Hat aber nicht geregnet am Montagmorgen. Als Anni den Mann und das Fahrrad überfuhr, war noch Nebel über dem Fluß, das Land weiß und hart vom Nachtfrost. Um diese Zeit fuhr er sonst jeden Morgen nach Herrnberg hinauf zur Arbeit, manchmal mit dem Kammerer Konrad, manchmal allein, wenn der noch nicht aus den Federn war. Aber diesmal stand er schon vor der Tür. Sie nahmen den Weg untenherum, außer Herrnberger Sicht am Fuß des Berges entlang und durch den Buchenwald auf die Landstraße. Ein paar verfrühte Schulkinder kamen ihnen auf Rädern entgegen. Seit Jahren war der Schwaiger nicht mehr

171

um diese Stunde auf der Straße gewesen, seit der Zeit, als er selbst ein Kind war und mit dem Fahrrad in die Schule fuhr, in Frasing, nicht hier. Da ist es über ihn gekommen, daß er das Freihändigfahren versuchen mußte, und tatsächlich konnte er's noch, konnte die Hände in die Hosentaschen stecken und über die Lenkstange weg in den Himmel pfeifen. Aber als hinter ihm ein Laster hupte, wäre er um ein Haar in den Graben gekippt, sagt der Kammerer, damals auf der Straße nach Frasing hat's wohl noch keine Laster gegeben. Als es den Berg hinauf ging, mußten sie schieben, und am Ende der Steigung rasteten sie ein Weilchen, schauten sich um.

Hier oben war der Schwaiger noch nie gewesen, wohl unten vorbei auf der Straße nach Maria Wald, wo sein Vetter im Kloster war, aber hier oben nie – im Wind, im Leeren. Es war ihm ganz seltsam zumute, fast wie damals in Rußland, wenn sie von irgendwo wegmußten, wo sie bekannt waren, irgendwohin, wo sie nicht bekannt waren, und das, sagte der Schwaiger zum Kammerer, hat er immer am meisten dick gehabt im Krieg, das Wegmüssen, wenn du dich grade irgendwo eingewöhnt hast und weißt, wo der wärmste Winkel zum Schlafen ist und an wen du dich halten mußt mit der Verpflegung und Zigaretten. Dann plötzlich raus müssen, irgendwo angetreten sein im Morgengrauen, in Marsch gesetzt und verladen werden weiß Gott wohin. Und er hat immer mitmüssen, obwohl er fußkrank war und die Stiefel, die er von Kammer empfing, immer zu groß waren, darauf haben sie keine Rücksicht genommen, immer raus und weiter, keine Müdigkeit vorschützen, Beeilung! Genau so war's ihm, als er hinter dem langen, grätenbeinigen, zwanzig-Jahr-jüngeren Kammerer den Schotterweg neben den Geleisen hertrampelte und eigentlich schon genug hatte, weil er das Fahrradfahren über längere Strecken nicht mehr gewöhnt ist. Er hätte dem Kammerer gern gesagt, ob sie nicht besser ein anderes Mal fahren sollten, muß doch nicht grad heut sein. Aber der war schon ein ganzes Stück voraus, und von Rußland hat der sowieso keine Ahnung, so ein junger Spund, der nichts mitgemacht hat, wie willst du dem was erklären?

Vor dem Werkstor standen schon ein paar Leute. Als sie näher kamen, zog der Portier die Barriere hoch und ließ sie ins Gelände. Zum Personalbüro? sagte er, dann könnt ihr euch gleich anschließen. Sie schlossen sich aber nicht an, weil sie keinen von denen kannten, hielten Abstand, grade soviel, daß sie den Haufen nicht aus den Augen verloren. Sonst war kein Mensch unterwegs im Gelände, und wenn nicht das Summen und Dröhnen aus den Hallen gewesen wäre, hätte man meinen können, die Fabrik sei stillgelegt oder noch gar nicht in Betrieb genommen. Verstohlen wie Versprengte im Niemandsland haben sie sich umgeschaut, auch der Kammerer war jetzt still geworden, und der Schwaiger hatte immer noch sein Rußlandgefühl mit einer Leere im Magen und einem Pochen im Schädel.

Schließlich ist der Haufe auf den Eingangsstufen des Personalbüros zum Stehen gekommen, und als sie zögernd näher kamen, hob sich im Gedränge ein Arm und einer rief: Da schau her, der Kammerer, der Schwaiger, ja Servus! Die Stufen hinunter kam einer, den sie vom Bräustübl kannten, Benni hieß er und war gar nicht weit weg von ihnen daheim. Der war auch in Rußland gewesen, hatte später Bäcker gelernt, dann im Straßenbau gearbeitet, und wenn er sich im Bräustübl blicken läßt, schaust du besser in die andere Richtung, sonst gibt es Streit. Aber hier war er friedlich, zog sie hinein in den Haufen, und als sie nun so warm und eng und mehrzählig auf den Stufen standen, verging dem Schwaiger sein Rußlandgefühl. Wärme prickelte ihm durch die Glieder wie nach einem Schnaps auf leeren Magen. Auch das hatte er schon mal erfahren, wenn die Kompanie mit einem Lied-drei-vier durchs Städtchen marschierte. Danach nie mehr, aber vielleicht hatte der rote Lehrer Stauß etwas Ähnliches gemeint, wenn er von der Solidarität der Arbeiter sprach.

Jedenfalls war das Stehen mit den anderen eine feine Sache, eine Sache für Männer, und als das Fräulein vom Personalbüro die Tür öffnete, die übrigens gar nicht verschlossen gewesen war, schlugen sie wie eine einzige Welle in den Gang und gleich weiter durch eine zweite Tür bis vor die Schranke, wobei sie das Schild mit der Aufschrift »Einzeln eintreten« glatt übersahen. Der kleine Mann hinter der Schranke blinzelte mißbilligend über seine Brille, sagte aber nichts, behandelte sie höflich, fast wie Gäste, erwünschte Gäste, die sich gern mal umschauen dürfen bei uns. Ja, so sagte er, »wir« und »bei uns«, bezeichnete die Firma als eine große Familie, in der man sich wohl und zu Hause fühlen könne, wenn man nur den richtigen Arbeitsgeist mitbrächte. Da gibt's bei uns nichts, sagte der Benni, ans Arbeiten sind wir gewöhnt, und alle, die da beieinander hinter der Schranke standen, nickten und lachten und machten die Schultern breit unter der Sonntagsjacke. Der Mann lächelte, und das Fräulein hämmerte Personalien in die Maschine. Sie bekamen einen Termin für die Gesundheitsuntersuchung, alles Weitere würden sie durch die Post erfahren.

Nicht mal zehn Uhr war es, als sie schon wieder draußen standen, mit einem angebrochenen Tag vor den Füßen, der kein Sonntag, kein Feiertag war, sondern ein ganz gewöhnlicher Alltag, an dem alle arbeiten müssen, nur sie nicht. Keiner hatte Lust, heimzufahren und sich den blauen Montag durch die Weiber vermasseln zu lassen, die immer eine Arbeit für dich parat haben, die jede Menge auf Eis gelegter Arbeit hinterlistig in deinen Tag bauen wie Mausefallen und Fuchseisen. Besser du läßt dich gar nicht erst sehen. Wie ein Mann sind sie in die Werkskantine gezogen für eine Weißwurst-Brotzeit mit Bier, danach würde man weitersehen.

Der Schwaiger, der Kammerer und der Benni sind ganz schön versackt an diesem blauen Montag im März, und als sie in schwankender Dreierreihe den Herrnberger Berg emporwalzten – ohne Fahrräder, die hatten sie wohlweislich im Dorf stehenlassen – zwischen Klostermauern aus dem 11. Jahrhundert und der dichten Hecke, hinter der die Herrnberger ihr Schwimmbad und den Tennisplatz vor den Augen der kleinen Leute verstekken, damit sie nicht auf dumme Gedanken kommen, hatten sie alle drei ein Gefühl im Bauch, als müßte noch etwas Großartiges passieren, und zerbrachen sich den Kopf, was es wohl sein könnte. Bis der Benni, der doch seinerseits gar nicht in einem festen Arbeitsverhältnis war, auf das Richtige kam, nämlich: kündigen müßt ihr sowieso, warum nicht heute, warum nicht gleich! So erzählt er's jedenfalls, und ich erzähl's weiter, obwohl ich mir schwer vorstellen kann, daß die beiden soviel Schneid zusammengebracht haben, sich in die Höhle des Löwen zu begeben, aber wer weiß denn, was der Alkohol alles fertigbringt.

Der Benni hat ihnen keine Zeit zum Überlegen gelassen, hat ohne anzuklopfen die Tür zum Herrnberger Büro aufgestoßen, und als die beiden, der Kammerer und der Schwaiger, gut drin waren, war er plötzlich nicht mehr da, hat nur die Tür hinter ihnen zugemacht, ist selbst draußen geblieben, das feige Schwein, hat sich dünn gemacht, die Auffahrt hinunter, durch den Torweg in die Bräustube, wo die Stammtischleute beim Kartenspiel saßen, die Braven, die sich den Feierabend rechtens verdient hatten. Und der Benni hat ein Freibier geschnorrt, indem er ihnen erzählte, wie er die beiden Deppen scharfgemacht und sternhagelvoll zum alten Herrnberger ins Büro geschickt hätte, der würde ihnen die Ohren schon langziehen. Nur daß der alte Herrnberger gar nicht mehr im Büro sitzt, haben die Arbeiter gesagt, weil er nämlich am 1. März übergeben hat an den Jungen, den feinen Herrn Doktor, der alles anders macht als der Alte.

Daran haben die beiden, der Schwaiger und der Kammerer, nicht gedacht, als sie jetzt allein, wie sie auch am Morgen aufgebrochen waren, zwischen Tür und Schranke im Büro standen. Für sie war der Raum immer noch voll von der dröhnenden Stimme, vom Zigarrenrauch und Unmut des alten Herrn, obwohl niemand da war außer der Bürokraft auf ihrem Drehstühlchen, die mit dem Sechsuhrläuten die letzte Seite aus der Schreibmaschine zog, die Marili, von der man nie weiß, hält sie es mit den Arbeitern oder hält sie es mit den Herren. Zunächst schaute sie gar nicht um, in diesen Sekunden geläutdurchtosten Schweigens hätten sie eine gute Chance gehabt, unauffällig wieder zu verschwinden, sozusagen unter dem Geläut durchzuschlupfen und dahinter in Deckung zu gehen. Gedacht haben sie wohl daran, spürten sogar ein Zucken in den Beinen. Aber da war's schon zu spät. Was gibt's? sagte die Bürokraft in einem Ton ... wenn sie nie gewußt haben, zu wem sie hält, zu den Arbeitern oder zu den Herren – jetzt wußten sie's.

Der Schwaiger spürte, wie ihm von innen her ein Grinsen ins Gesicht wuchs, ein krampfhaftes Mundverziehen ohne eine Spur von Lustigkeit, wie damals, wenn der Ausbilder ihn auf dem Kasernenhof anschrie: grinsen Sie nicht so dämlich! Da half nur den Mund aufmachen und reden. Eigentlich wollten wir kündigen, sagte er leise und hatte auf einmal soviel Wasser in den Augen, daß

178

er die Bürokraft kaum mehr erkennen konnte. Der Kammerer auch! sagte er, Du auch, sag doch was! Aber der Kammerer sagte nichts.

Die Bürokraft stand auf, streckte den Kopf durch die Tür zum Nebenzimmer und sagte: Die Herren wollen kündigen! Mit einem Kichern in der Stimme: die Herren! daß es ihnen durch und durch ging. Jetzt brauchte nur noch der alte Herrnberger über sie kommen, ihnen die Ohren langziehen, ihnen einen seiner bischöflichen Bakkenstreiche versetzen, und alles wär wieder wie gehabt. Schlaft erst mal euren Rausch aus, dann sprechen wir uns wieder. Wobei sowohl der Alte als auch der Schwaiger und der Kammerer genau gewußt hätten, daß das nur so dahingesagt war, weil man sich nie mehr wieder sprechen würde – so nicht! Und eigentlich wär es ihnen auch ganz recht so gewesen, ja, sie warteten gradezu auf das Donnerwetter, zogen schon die Köpfe ein, während die Bürokraft ihre Tasche packte, das Hütchen aufsetzte, den Mantel überzog. Je länger es dauerte, um so heftiger warteten sie, wünschten sie, der Alte möge doch schnell kommen, schnell ein Ende machen, damit sie nur rauskämen aus dieser Mausefalle und heim.

Ein Räuspern klang aus dem Nebenzimmer. Die Bürokraft klappte einen Teil der Schranke hoch und schob die beiden am Schreibtisch vorüber und durch die offene Tür. Sie sahen den Herrnberger sitzen und erkannten ihn doch nicht, weil sie immer an den Alten gedacht, den Alten gespürt und gerochen hatten. Der Junge ist ja nur kurz in Herrnberg gewesen, sonst immer auswärts im Internat und zum Studieren, bis aus ihm ein Fremder, Städtischer geworden ist, mit einer dunkel gerandeten Brille und einem glatten Gesicht, in dem man nicht lesen kann. Den Kopf gesenkt, blätterte er in einem Ordner, und es dauerte eine ganze Weile, bis er über die Brille zu ihnen hinblickte und fragte: Name? Fragte: Wann? Sagte: In Ordnung. Und als sie immer noch dastanden und warteten, weil das doch nicht alles sein konnte, sagte er, schon wieder über seinen Ordner gebeugt: Sie können jetzt gehen! Und das war das erste Mal, daß ein Herrnberger »Sie« zu ihnen sagte.

Als sie ins Freie traten, läuteten immer noch die Sechsuhrglocken, so schnell war es gegangen und so gering, so absolut Null-Komma-Nichts, wie sie sich fühlten, als sie die Auffahrt hinunter schlichen, hätte der alte Herrnberger mit seinen Bakkenstreichen und Ohrenlangziehen sie gar nicht machen können. Da mußte erst so ein feiner Herr Doktor kommen und fragen: Name? und sagen: In Ordnung, und sagen: Sie können jetzt gehen.

Bis zum südlichen Rand des Herrnberger Hügels sind sie noch miteinander gegangen, dann ist

180

der Kammerer links ab Richtung St. Veit, wo sein Mädchen wohnt. Der Schwaiger ist auf der Höhe stehengeblieben, und als er so über das Tal hinblickte, in dem schon der Nebel stieg, kam ihm wieder dieses Rußlandgefühl, das Abmarschgefühl, das Fort-müssen-und-nicht-wissen-wohin-Gefühl, und die Zehen taten ihm weh, da, wo gar keine Zehen mehr dran waren. Er setzte sich auf die Bank, zog die Schuhe aus und ging barfuß zur Fähre.

Ab Mai hat er dann in Ka II gearbeitet, einer fußballfeldgroßen Halle mit zweihundert Öfen, in denen bei hohen Temperaturen Karbid mit Stickstoff zu Kalkstickstoff verbunden wird. Heute geht der Betrieb vollautomatisch. Damals beschäftigten sie dort die Ungelernten, die zu alt waren, um noch angelernt zu werden. An der Decke der Halle fuhr ein Kran entlang, hob mit den Greifern, die von den Arbeitern angesetzt wurden, die Einsätze aus den Öfen und fuhr sie zum Brecher, der den Kalkstickstoffblock zerkleinerte. Es herrschte eine große Hitze in der Halle. Die Luft war erfüllt von feinem schwarzem Staub, der tief in die Poren eindrang. Die Arbeiter trugen Schutzbrille, Mundschutz und Asbestschuhe zum Laufen auf den heißen Rosten. Manche verzichteten auf den Schutz, um eine bestimmte Art Mut zu beweisen. Wenn sie am Abend Bier tranken, erzeugte eine chemische Reaktion in ihrem Körper eine Hitze, die das Blut in den Kopf trieb. Das nannten sie »brennen«. So sauber sie sich auch wuschen, immer blieb Schwärzliches auf den Bettlaken zurück. Das war unangenehm, aber nach Meinung der Werksleitung völlig ungefährlich.

Es kommt mir so vor, als sei der Mann in den folgenden Jahren immer kleiner geworden und schließlich ganz verschwunden, aber in Wirklichkeit waren es wohl die wechselnden Schichten, die ihn dem normalen Tageslauf entzogen. Bei Frühschicht verschwand er gleich nach dem Abendessen, um das nötige Quantum an Schlaf zusammenzubringen. Sonst kam er entweder spät in der Nacht von der Arbeit oder, benommen vom Tagschlaf, aus dem Bett, immer als Eindringling, als Fremder mit fremden Gerüchen um sich herum und fremden Erfahrungen, die er nicht mitteilen konnte. Ich seh ihn spät abends in die Küche treten, verpackt zur Mofafahrt in die Nachtschicht, Schal bis unter die Augen, darüber die graue Pudelmütze. Siehst aus wie ein Mondfahrer! sagt einer am Tisch. Die anderen lachen. Wortlos nimmt er die Tasche vom Stuhl und geht hinaus. Das Mofasurren hören sie schon nicht mehr.

Allein sitzt er in der dunklen Stube vor dem Fernseher, betätigt die Fernbedienung, läßt die Programme wechseln, schläft drüber ein.

Im Bienenhaus hört man ihn murmeln und brummen. Er spricht mit den Bienen, eine weiße Netzmaske vor dem Gesicht. Wolken von stinkendem Rauch bläst die Bienenpfeife.

Er klettert einem schwärmenden Bienenvolk hinterher, eine Leiter hinauf, läßt sich den Kasten nachreichen, klopft und schüttelt, bis der Schwarm in den Kasten fällt.

Beim Honigschleudern verteilt er Wabenstücke an die Kinder. Den Honig müßt ihr kosten! sagt er. So etwas kann man nicht im Geschäft kaufen.

Bei Tisch erzählt er, daß ihn schon wieder ein Nachbar zum Obstbaumschneiden gerufen hat. Darauf versteht er sich, hat irgendwann einen Kurs gemacht, freut sich, daß man ihn braucht.

Als später die Gastwirtschaft läuft, kann man auf seinen Tagschlaf keine Rücksicht mehr nehmen. Trotz Oropax schläft er unruhig, träumt viel, möchte die Träume erzählen. Kaum liegst du im Bett, hast die Augen gut zu, geht das Theater schon los, sagt er und schaut in die Runde, ob denn keiner wissen will, was da losgeht in seinem Kopf. Eine Kuh im Hausgang, ist das nicht komisch? Wo wir doch längst keine Viecher mehr haben. Die Kuh in seinem Traum heißt Olga, braungefleckt, mit einem weißen Stern auf der Stirn. Die Stiege soll sie hinauf, aber das geht nicht, weil sie unförmig dick ist, aufgeschwollen

183

vom gefrorenen Gras, das sie nicht hätte fressen dürfen. Hilft nichts, nach oben muß sie! Ist das nicht zum Lachen, eine Kuh auf der Menschenstiege, die schielt und blökt, sich festklemmt zwischen Geländer und Wand. Immer noch die alte Stiege in seinem Traum, mit Holzstufen und Lücken dazwischen und einem Geländer aus geschälten Fichtenstämmchen, das sich nach außen biegt und gleich durchbrechen wird. Schieb nach! ruft er in den dunklen Hausflur hinab. Aber da ist keine Anni, kein Hausflur, nur Männergelächter und eine Hitze wie Feuersglut. Halt mir doch einer die Kuh! schreit der Mann im Traum und sieht das Quecksilber im Thermometer über den roten Strich klettern. Keine Kuh mehr, dafür ein Haufen Dreck von ausgekipptem Kalkstickstoff, er ganz allein in der riesigen, staubverdunkelten Halle. Kein Mensch zu sehen, nichts bewegt sich außer dem Kran an der Decke. Und nun schaukeln die Greifer hinab, jagen ihn vor sich her über die glühenden Roste. Wo hat er nur seine Asbestschuhe gelassen? Verloren? Immer sind die Sachen, die sie ihm geben, zu groß. Die Alarmklingel schreit und schreit. Im Traum schlägt der Mann um sich, fegt das Kümmerling-Fläschchen vom Nachttisch, erreicht endlich den Wecker, haut auf den Knopf. Stille.

Zweimal hab ich ihn richtig glücklich gesehen:

einmal, als er Schützenkönig geworden war und der Fotograf nach Schwaig kam, um ihn mit der Münzenkette für die Zeitung zu fotografieren, und das andere Mal, als die Firma ihm zum Ausscheiden aus der Arbeit einen Geschenkkorb schickte. Auf dem Küchentisch hat er ihn aufgebaut, und jeder, der kam, mußte schätzen, was er gekostet hätte. Wenn dann irgendeine Summe genannt wurde, schüttelte er den Kopf und sagte: das reicht nicht!

Im letzten Jahr seines Lebens ist er täglich spazierengegangen. Der Arzt hatte es ihm empfohlen, weil er zu wenig Bewegung hätte. Er hat sich den Stock des Vaters vom Dachboden geholt und ist langsam und steif nach Bruck gegangen, aber nicht in den Hof hinein. An der Einfahrt hat er sich umgedreht und ist wieder zurückgegangen, ganz allein, weil Anni so weit nicht mehr gehen konnte ...

Eines Morgens nach einer späten Ankunft weckt mich ein Dröhnen von Lastwagen im Hof. Als ich mich traumverwirrt aus dem Fenster beuge, sind sie schon in der Au verschwunden. Lastwagen in der Au? Die Stäbe mit den roten Köpfchen fallen mir ein, die ich vor Jahren aus der Erde gezogen und in den Fluß geworfen habe. Hastig zieh ich mich an, geh ihnen nach, allein im Morgennebel wie so oft und doch anders, heimlich, verstohlen auf dem von mächtigen Reifen plattgewalzten Weg, der den Auwald in zwei magere Streifen zerreißt. Himmel tritt in die Schneise, kaltes verlorenes Licht, wie es zwischen den Wänden geborstener Häuser steht.

Am Ende des Weges, dort, wo sich sonst die Weiden über das Altwasser neigten, klafft ein Loch zur Bucht hin, aber Wasser ist nicht zu sehen, nur eine gelbe verschlammte Geröllhalde, Lastwagen mit Gertenbündeln beladen, Männer, die sie hinunterwerfen zu anderen Männern, die sie weiterreichen an wieder andere, die tiefer stehen, in einem schmalen Graben zwischen dem Geröll und einer Bank aus rechteckigen Steinblöcken, hinter denen der Fluß in wütender Eile zu Tal schießt. Blöde, begriffsstutzig steh ich im

186

aufgewühlten Schlamm, sehe die Lastwagen wenden, schlammspritzend näher kommen, weiche im letzten Augenblick aus, hocke immer noch in den Büschen, als sie längst vorüber sind, spähe durch die Zweige.

So hab ich einmal aus Waldverstecken den Himmel nach Tieffliegern abgesucht, mit dem Angstblick, den ich so gern vergessen hätte, den ich auch jetzt immer wieder vergesse, weil es ein unangenehmer Blick ist, der unangenehme Dinge sieht, Dinge, die böses Blut machen, wenn man sie ausspricht. Immer allein gegen eine Mehrheit netter verständiger Leute, die diese Dinge anders sehen, nämlich vernünftig ... die Wasserarbeiter, die Nachbarn, die sich auch an diesem Abend in der Laube zusammenfinden und mein Lamento wohlwollend-geringschätzig belächeln.

Beim Zuhören, wenn sie bedächtig, sachkundig ihre Worte setzen, wünsche ich inständig, ihnen glauben zu können, daß es immer so war und immer so bleiben muß: dem Wasser Land abgewinnen, das Gewonnene gegen Überschwemmung schützen, damit etwas Nützliches wachsen kann. Was soll das Jammern um ein fauliges Altwasser? Wird ja alles wieder begrünt. Die Faschinen schlagen Wurzeln und treiben aus. In kurzer Zeit wird vor lauter Grün von der Nagelfluhbank nichts mehr zu sehen sein. Allerdings, sagt Dr. Fröschl, der am Ende des Tisches vor seinem Bocksbeutel sitzt, allerdings wird man gelegentlich weiter unterhalb auf der anderen Seite wieder befestigen müssen und so weiter und so fort immer im Zickzack den Lauf hinunter, weil der Fluß, seiner Buchten und Altwasser beraubt, heftiger zu Tal schießt, so daß an der Mündung alle die verhinderten Hochwässer zusammenkommen. Und wie will man die regulieren?

Das sagt er so sanft, mit seiner weichen, fettgedämpften Stimme ins Bocksbeutelglas hinein, daß es keinen Anstoß erregt. Keine Kämpfernatur, unser Dr. Fröschl, keiner, mit dem man sich gegen den Fortschritt verbünden könnte. Sobald es laut wird am Tisch, verdrückt er sich zu seinen Angeln, die nun nicht mehr an der Bucht, sondern weiter aufwärts gegenüber der Insel ausgelegt sind. Dorthin, meint er, hat sich sein Waller verzogen, als es ihm an der Bucht zu laut wurde.

Was der Doktor gesagt hat, kann ich nicht sagen, ohne unangenehm aufzufallen mit meiner hellen, angstgeschärften Frauenstimme, schriftdeutsch auch noch. Das tut ihnen in den Ohren weh, da hören sie gar nicht erst hin, wenn ich von dem sterbenden Fluß meiner Heimat erzähle, wie man dort meilenweit an toten Ufern entlanglaufen kann, über Steinhalden mit Kränzen von Ölschmier, Plastikabfall, Rattenkadavern. Wie ich mich durchrieche von Gestank zu Gestank aus Schächten, Kanälen, versteckten und offenen Rohren. Wie ich ein paar Fußbreit Strand von Abfällen freiräume, damit mein Kind dort sitzen und am Wasser spielen kann, während der Rhein, im Tod noch geduldig, Lasten schleppt und Gifte abtreibt, die er nicht mehr klären kann. Wie ich meinem Kind zu Hause die Ölränder von den Knöcheln wasche und seine Hände mit Sagrotan desinfiziere wegen der Leichengifte.

Und ihr, sag ich, ihr könnt nicht einmal dieses letzte Stückchen freien Fließens zwischen Seeausfluß und Felsenriegel in Ruhe lassen, bloß weil die Herren Planer einen anderen Fluß im Kopf haben, einen schönen, graden, einbetonierten Kanal, möglichst mit ein paar Staustufen zur Energiegewinnung. Was wäre denn aus euren Höfen geworden, wenn sie damit durchgekommen wären: drei Stauseen, jeder dreißig Hektar groß. Wo würde denn euer Vieh grasen, euer Getreide wachsen? Niemand von euch, gebt's doch zu, kein einziger hätte gegen die Sachzwänge aufgemuckt, wenn nicht bei Probebohrungen herausgekommen wäre, daß das Bett des Oberlaufs nicht verletzt werden darf, sonst fließt der ganze Fluß ins Grundwasser ab. Können bei euch die Sachzwänge nur durch andere Sachzwänge gebrochen werden?

Schaut euch doch den mittleren Flußabschnitt

an, sage ich und spüre schon, wie ich heiser werde vor lauter Anstrengung, den Filz murrender Stimmen zu durchdringen. Da haben die Herren Planer zu Ende geplant: 45 km Flußkorrektur, Betonbefestigung, Ableitung eines Werkskanals, der im natürlichen Bett nur ein kümmerliches Rinnsal übrigläßt. Dafür haben wir drei Chemiewerke, deren Abgase beim richtigen Wind bis ins Tal herüberstinken und deren Abwässer so giftig sind, daß alle Jahre wieder ein Fischsterben passiert. Jaja, ich weiß schon, auf Kosten der Firma werden Jungfische eingesetzt, damit die Fischer den Mund halten, und die Wasserproben sind wunderbarerweise immer in Ordnung.

Es ist still geworden am Tisch, eine bedrohliche Stille, die sich wie eine Klammer um mein Herz legt. Es gehört sich einfach nicht, an diesem gemütlichen Stammtisch, zwischen all den netten, freundlichen Arbeitsmenschen über Chemieabwässer, Abgase und Fischsterben zu reden. Und haben sie nicht recht? Was täten sie denn – kleine und mittlere Bauern –, wenn es die Chemie nicht gäbe? Keine Arbeitsplätze zum Zuerwerb, keine Lehrstellen für Söhne und Töchter, keine Zusatzrenten, keine billigen Kredite zum Hausbauen. Was täten die Gemeinden ohne das Steueraufkommen, was wäre die Landwirtschaft ohne Stickstoffdünger?

Nichts gegen die Chemie, sag ich lahm, es ging mir nur um den Fluß, das Wasser ... Das hört keiner mehr, weil der Kapo der Wasserarbeiter seine Harmonika aus dem Kasten hebt. Red nicht soviel, Dirndl, sagt er, sing lieber. Und dann singen wir alle zusammen: Kein schöner Land in dieser Zeit als wie das unsre weit und breit, wo wir uns finden wohl unter Linden zur Abendzeit ...

Und Anni? – Ich hab's in die Küche hineingeschrien, als ich an jenem Morgen von der verschandelten Bucht zurückkam: Die Schweine machen mir meine Bucht kaputt! Und wußte, während ich schrie und meine Stimme auf mich zurücksprang, spürte im eigenen Ohr, wie Anni sie hörte. »Meine Bucht!« hörte sie schreien von einer, die nie eine Handbreit Boden besessen hat. »Schweine!« hörte sie mich die Wasserarbeiter beschimpfen, die nur ihre Pflicht tun und allerhand Geld für Brotzeit und Bier in Schwaig zurücklassen. »Kaputtmachen« nannte ich eine Arbeit, die Ordnung schafft und Land zugewinnt, wo vorher unnütze, unberechenbare, bedrohliche Unordnung war, Wasser, das vom Eigentum fraß und Arbeit zunichte machte. Hab ich nicht eigenhändig geholfen, das Heu von der unteren Wiese vor dem Hochwasser zu bergen und das Boot über Rundhölzer auf den Hügel zu ziehen? Hab ich nicht mit eigenen Augen gesehen, wie der lehmige

Strom ganze Bretterwände, Dachteile, ertrunkene Schweine abschleppte? Misch dich nicht ein! sagte Annis gepanzerter Rücken. Was du »meine Bucht« nennst, ist unser Land. Du hast hier kein Recht.

Ich habe verstanden, bin fortgegangen, flußaufwärts, im großen Bogen um die Bucht herum, in den Wald, zu der Insel, die man bei niedrigem Wasser watend erreichen konnte. Durch Gestrüpp und Schilf schlug ich mich durch zur anderen Seite, die einer größeren Insel zugewandt war. Mächtig, ohrenbetäubend schoß dort die Strömung vorüber und warf am Ende der größeren Insel einen gläsernen, auf der Höhe schäumend sich überschlagenden Schwall auf. Auf einem der vom Wasser rundgeschliffenen, von der Sonne weiß gebleichten Felsen sitzend ließ ich es langsam in mich eingehen: daß Annis Fluß nicht mein Fluß ist und ihr Tal nicht meins. Daß unsere Freundschaft Grenzen hat und unsere Verständigung nur eine winzige Insel in einem Meer unvereinbarer Erfahrungen ist. Daß meine Zugehörigkeit, auf die ich so stolz bin, am Fädchen ihres Wohlwollens hängt, vielleicht auch nur an ihrem Nicht-nein-sagen-Können. Daß ich irgendwann, früher oder später, hinaus muß.

Wo ich damals gesessen habe, ist heute keine Insel mehr. Zur Uferbefestigung auf der Kammerer Seite haben sie einen Damm in den Fluß gezogen, um Baggern und Lastwagen etwas Festes unter die Räder zu geben. Als sie den Damm wieder abbauten, hatten sich die Strömungsverhältnisse geändert. Zwischen der Insel und dem Schwaiger Ufer wollte kein Wasser mehr fließen. Man kann eben nicht vorausberechnen, wie Flüsse sich nach einem Eingriff verhalten, sagten die Herren vom Wasserwirtschaftsamt. Und warum lassen sie den Fluß nicht in Ruh? fragte ich. Darauf schüttelten sie nur den Kopf, weil es auf unvernünftige Fragen keine vernünftige Antwort gibt.

Als es in Schwaig mit der Landwirtschaft zu Ende ging, hat der alte Kaminke aus dem Sudetenland die Dinge in die Hand genommen, ein wilder Schaffer, Erfinder und Tüftler, ein Alleskönner und Besserwisser, der keinen Arbeitsvorgang, kein Gerät anschauen konnte, ohne zu überlegen, wie man es besser, einfacher, praktischer machen könnte. Riesig steht er in meiner Erinnerung, langes, hageres Knochengestell, kann sich in den kleinen Räumen nur geknickt bewegen, streckt die Beine beim Sitzen weit in den Raum, daß nur kein Mensch, kein Kind, kein Tier ihm zu nahe kommt. Hände wie Werkzeuge, an der Linken fehlen die drei letzten Finger, dafür sind Daumen und Zeigefinger übermäßig ausgebildet – zwei muskulöse Greifer, die sich zangenförmig zueinander biegen. Zottiges Weißhaar auf dem Knochenschädel und zu beiden Seiten des braungefleckten Rückens, den Anni am Abend mit der Wurzelbürste schrubben muß. Fester! noch fester! Der würde sich am liebsten die Haut vom Leibe reißen wegen des Juckens und Brennens verhinderter Arbeitswut, die ihn bei Tag und Nacht nicht zur Ruhe kommen läßt.

Aus der Tiefe des mächtigen Brustkorbs dröhnt

der Husten empor. Kaminke bellt und spuckt gegen das Alter, gegen die Vertreibung aus Haus und Werkstatt, gegen die Neue-Heimat-Siedlung, in die es ihn mit Tochter und Enkelin verschlagen hat, gegen Weiberwirtschaft und bayerische Schlamperei und daß er, Fritz Kaminke, auf seine alten Tage ein Flüchtling sein muß. Mit der Tochter verträgt er sich nicht. Wahrscheinlich gibt es nur einen Menschen auf der Welt, der mit Kaminke umgehen kann, das ist Anni. Und frag nicht, was sie das gekostet hat an Lavieren, Beschwichtigen, Überreden, Vertrösten.

Dr. Fröschl hat den Alten ins Tal gebracht, eigentlich zum Angeln, das er ihm zur Kühlung des inneren Feuers verordnet hatte. Kann aber auch sein, daß er einen ganz bestimmten Hintergedanken dabei gehabt hat. An einem flammenden Herbsttag sind die beiden mit der Fähre übergefahren, der faule Fettsack von Doktor und der knochige Alte, der, kaum daß er einen Fuß in den Kahn gesetzt hatte, zu schimpfen anfing über undichte Planken, Wasser im Boot, verbogenes Steuerblatt und so weiter. Laß ihn nur reden, der beißt nicht! zwinkerte der Doktor. Aber das hatte Anni, blitzschnell in ihrer Menscheneinschätzung, bereits erkannt.

Als sie von der Besichtigung des Fischwassers zurückkamen, hat Anni ihnen eine Brotzeit mit

Bier gerichtet, aber Kaminke hat kein Bier gewollt, sondern Kaffee, aber bitteschön nicht das
Abspülwasser, das man in Bayern für Kaffee verkauft. Anni hat ihm die größte Tasse gegeben und
einen Kaffee, so schwarz, so stark, so süß mit
einem Schuß Kognak darin, daß Kaminke beim
ersten Schluck ganz still und nachdenklich wurde
und ihr mit seinen glitzrigen Altmänneraugen
folgte, bis sie im Haus verschwand. Danach hat er
angefangen, den Doktor auszufragen. Alles wollte
er wissen von Schwaig und den Leuten. Und als
aus dem Doktor nichts mehr herauszuquetschen
war, hat er sich das Haus von oben bis unten zeigen lassen und überall etwas gefunden, was nicht
in Ordnung war. In der Werkstatt hat er sich am
längsten aufgehalten, jedes Stück Werkzeug unter-
sucht und ausprobiert und am Ende erklärt, es sei
eine Schande, wie hier die Sachen verkommen, da
muß mal einer Ordnung schaffen. Als er das sagte,
war es dem Doktor und Anni schon klar, daß
dieser eine Kaminke selbst sein würde, ja, in der
halben Stunde, die Kaminke murrend und knur-
rend in der Werkstatt herumwühlte, hat er seine
letzte große Lebensaufgabe gefunden.

In der nächsten Woche hat er sich mit einem
Haufen Werkzeug, Angelgerät, Arbeitsgewand im
Taxi nach Schwaig fahren lassen. Anni wollte ihm
ein Bett in der hinteren Kammer richten, aber das

paßte ihm nicht, so eng, so nah bei den Leuten, davon hatte er seit der Siedlung die Schnauze voll. Luft wollte er, Freiheit zum Aus- und Eingehen jederzeit bei Nacht und am Tag. Noch einmal ist er auf den Dachboden gestiegen und hat so lange in der Dämmerung herumgekramt, bis er das Wehrmachtsfeldbett mit der Wehrmachtsmatratze, das der Oberst zurückgelassen hatte, unter der Schräge entdeckte. Sie haben es heruntergetragen und in der Werkstatt aufgeschlagen. Da ist Kaminke geblieben, jahrelang, bis die chronische Bronchitis ihn aufs Krankenlager zwang. Alles, was in dieser Zeit in Schwaig entstanden ist, einschließlich Umbau zur Gastwirtschaft, hat Kaminke geplant, betrieben, gemacht, angeschafft, aber eigentlich, sagen die Leute, eigentlich ist es ihm gar nicht um Schwaig gegangen, sondern um Anni …

Wir, die Leute im Haus, haben zur Kaminke-Zeit allerhand schlucken müssen. Vor allem der Mann, dem bei jedem Projekt, das Kaminke am Familientisch entwickelte, ein hintergründiger Vorwurf eingerieben wurde, nicht direkt, das hat Anni verhindern können, aber die Andeutungen, die ganz allgemein in den Raum gestellten Betrachtungen waren deutlich genug. Kaminke war King im Haus, über alle Kritik erhaben, qualifiziert durch mehr Arbeit, mehr Können, mehr Verstand, mehr Erfahrung. Immer auf Touren, der Alte, als hätte er gewußt, daß nicht mehr viel Zeit zur Verfügung stand. Sogar nachts bosselte er in der Werkstatt herum, und am nächsten Morgen kam er mit neuen Ideen, fegte den Küchentisch frei vom Familienkram, breitete seine Zeichnungen aus. Kein Platz mehr für das gemächliche Frühstück. Kaminkes Stimme und der Rauch seiner Stumpen füllten den Raum. Was hier gesagt und geplant wurde, ging nur zwei Leute an, nämlich Kaminke und Anni, Anni und Kaminke. Nur ihr zuliebe stellte er das Haus auf den Kopf und den Gasthausbetrieb auf die Beine. Ihr war es recht so.

Warum hast du Kaminke so groß werden lassen und die anderen so klein? Warst du der heimlichen Herrschaft müde? Hattest du es satt, die Mutter für alle zu sein? Wolltest du endlich den starken Mann, den Vater, den Herrn, der dir das Planen, Organisieren, Entscheiden, das Für-alles-verantwortlich-Sein aus der Hand nahm?

Kaminke hat dich geliebt, weißt du das? Als einziger von den Männern, die bei dir untergekrochen sind, hat er in dir die Frau gesehen, und wenn er ein paar Jahrzehnte jünger gewesen wäre, hätte er sich noch ganz anders aufgespielt. So wie die Dinge nun einmal lagen, mußte er sich mit Arbeit begnügen. Brauchst bloß das Boot anzuschauen, das heute noch zwischen Schwaig und Kammer hin- und herfährt. Das hat er für dich zusammengebaut, aus Liebe, verstehst du, weil er die Liebe anders nicht herausbringen konnte bei seinem ewigen Schimpfen und Besserwissen. Also hat er die Liebe, seine letzte, denn damals ging er schon auf die achtzig, in ein Boot versteckt, in ein langes, breites, schön gerundetes Fährboot mit hochgezogenem Spitzbug und breitem Heck, mit zwei Brettern zum Niedersitzen und einem Steuerblatt und einem Kasten für den vorschriftsmäßigen Rettungsring. Alles ganz solid und zweckmäßig, nur den Steuerknüppel, mit dem man das Boot über den Fluß lenkt, den hat er ganz überflüssigerweise mit dem Schnitzmesser bearbeitet, hat ihm eine sanfte Mulde zum Handeinlegen und am Ende eine prächtige Tulpe eingeschnitten. Ein Dingsda hat er seiner geliebten Anni in die Hand geschnitzt, ein langes, hartes, mit prächtig aufblühender Tulpe, wie er gern eins gehabt hätte, aber nicht mehr zustande brachte, außer mit Hand und Messer aus Eschenholz.

Und am Abend in der Stube hat er dir noch was anderes gemacht, nämlich zwei Rattenfallen, die das Gehässigste von Rattenfallen sind, das ich je gesehen habe. Längliche Kästen, an einer Seite vergittert, an der anderen offen zum Köder hin, mit beweglicher Schwelle, die bei Belastung ein Fallbrett auslöst, nicht etwa zum Erschlagen der hineinspazierenden Ratte, sondern zum Einsperren.

Weil er sie lebendig haben wollte, die Viecher, die seiner letzten Liebe was wegfraßen. Wenn eine Ratte hineingegangen war, steckte er sie schön behutsam mit der Falle in die Regentonne und sah zu, wie sie ums Leben rannte und schwamm und absoff, Bläschen an die Oberfläche sandte und schließlich still wurde im Modder auf dem Tonnengrund.

So sieht die Liebe aus, wenn ein alter einsamer Mann sie mit Hammer und Nägeln, Säge und Kleister zusammenbaut. Als das Boot endlich fertig und ins Wasser gelassen war, hat er sich vor lauter Stolz und Seligkeit besoffen und bei Nacht einen Hustenanfall gekriegt, an dem er um ein Haar krepiert wäre. Wär das nicht ein guter Tod gewesen, ein besserer als drei Jahre drauf im Krankenhaus, ein menschlicher Tod, einer von denen, die immer rarer werden und in der Stadt fast gar nicht mehr vorkommen?

Den letzten Anstoß zum Umbau gaben die Kühe, die ohne erkennbaren Grund an Tbc erkrankten. Die Nachricht kam von der Molkerei. Sie nehmen die Milch nicht mehr ab. Mit einem Schlag sind die Kühe wertlos. Alle. Müssen abgestoßen werden, zum Schlachtpreis.

Dombrowski sieht darin einen Fingerzeig des Himmels: Schluß mit der Landwirtschaft, Grund verpachten oder verkaufen, Haus umbauen. Wenn du willst, red ich mit dem Herrnberger. Wenn ihr Herrnberger Bier nehmt, wird er einen Teil des Umbaus finanzieren. Die Tanten jammern, der Mann schwankt, Anni schweigt. Ich habe in diesem Konsortium keine Stimme, trotzdem kann ich den Mund nicht halten: Schwaig ohne Tiere – das kannst du doch nicht machen. Sie kann ja die Hennen behalten, sagt Dombrowski, das macht sich gut für einen Landgasthof. Anni, beschwöre ich sie, du magst doch die Tiere.

Mögen! sagt sie, und ich höre am Tonfall, daß mögen für sie keine Rolle spielt. Mögen ist für die Lebemenschen. Für Arbeitsmenschen zählt nur der Nutzen. Was keinen Nutzen bringt, muß raus. Klar, sag ich, die Tbc-Kühe müssen raus, aber deswegen braucht der Stall doch nicht leer zu bleiben.

Bleibt ja nicht leer, sagt Dombrowski. Wo jetzt Stall ist, könnte das Klo und ein Gastzimmer hin. Wasseranschluß gibt's eh schon. Wenn's ums Geld geht, ich könnte euch was leihen, sag ich. Anni schüttelt den Kopf.

Anni und die Tiere! Kaum setzt sie sich nieder, liegt die Katze auf ihrem Schoß und der Hund unter ihrem Stuhl. Die Glucken halten still, wenn sie ihnen die Eier unter den Federn wegnimmt. Sie hat eine besondere Sprache für die Tiere, ein Murren und Gurren tief hinten im Hals, unverständlich für Menschen, aber die Tiere verstehen sie. Ihr wird kein Melkeimer umgetreten, kein dreckiger Kuhschwanz um die Ohren geschlagen. Von ihr lassen die Tiere sich alles tun: Dornen aus den Hufen ziehen, Zecken und Geschwüre ausschneiden, Augen und Naslöcher ausputzen, mit der Hand ins Maul, in den Arsch fahren. Sie darf ihnen weh tun. Sie darf sogar töten.

Erinnerst du dich an Lotti, den weißen Spitz, der dir irgendwann zugelaufen ist, den du rausgefüttert hast? Uralt ist er geworden, am Ende blind und taub, hat nicht mehr beißen, nicht mehr bellen können. Jeder im Haus hat gesagt, der muß weiter, aber getraut hat sich keiner, nicht mal Kaminke, der beim Reden vor nichts zurückschreckt, aber eben nur mit dem Maul. Zum Tierarzt wollten sie ihn bringen, einschläfern lassen. So ein

202

G'schiß für einen Hund, hast du gesagt. Und eines Morgens ganz früh, als die Kinder noch schliefen, hab ich dich aus der Haustür kommen sehen, in der einen Hand Lottis Lieblingswurst, liebevoll in kleine Stücke geschnitten, weil er die großen nicht mehr herunterkriegt, und in der anderen Hand das Hackl. Deine Stimme so sanft wie Taubengurren, guts Wurschtei, bravs Huntei. Das hat er gehört, taub wie er war, hat aus milchigen Augen zu dir aufgeschaut, ist auf dem Bauch hinter dir hergekrochen. Die Tiere wissen es, wenn es zum Sterben ist, hast du am Abend vorher gesagt, die sind nicht so dumm wie die Menschen.

Mit Wurst und Hackl hast du die Lotti hinters Haus gelockt, in das Gestrüpp, wo früher der Bach geflossen ist, hast ihm geholfen, die Wurst im Maul zu behalten und hinunterzuwürgen. Gleich, hast du gesagt, gleich tut dir nix mehr weh. Mit der einen Hand hast du ihm den Nacken gekrault, mit der anderen das Hackl über den Kopf gehoben und mit dem stumpfen Ende zugeschlagen, einmal, zweimal. Dann war's vorbei. Du hast einen Sack aus dem Stadl geholt, den Hund hineingesteckt, oben zugebunden, hast ihn auf die Schubkarre geladen und zum Fluß gefahren. Den Kindern hast du gesagt, die Zigeuner hätten ihn mitgenommen, weiß doch jeder, daß die Zigeuner Hunde und Katzen braten und fressen. Der Flori ist tagelang stumm herumgelaufen. Einen neuen Hund hat er nicht haben wollen, und danach hat es in Schwaig nie mehr einen Hund gegeben.

Annis Schicksal ist anders als meins. Was anders ist, kann ich mit Worten nicht sagen. Ich sehe es auf den Votivbildern in der Altöttinger Gnadenkapelle: Feuers- und Wassersnot, Plage, Seuche, Blitz- und Hagelschlag, Gottesgericht, unerforschlicher Ratschluß. Da gibt es kein Deuteln, kein Erklären, kein Zerlegen in Äußeres und Inneres, Verhältnisse und Schuld. Mit der Gewalt eines Schmiedehammers schlägt es zu, von oben nach unten. Anni ist der Amboß, hält dagegen, hält aus, wird härter. Die Plötzlichkeit der Schläge erlaubt kein Ausweichen, keine Vorsorge. Ihr Schicksal ist aus einem Stück und bildet mit ihr, der Geschlagenen, eine Einheit, in die niemand eindringen kann. Keine Möglichkeit, ihr anzubieten, was sie mir so oft geboten hat: laß dich fallen, ich fang dich auf. Sie kann sich nicht fallen lassen, und es gibt auch keinen Ort auf der Welt, wohin sie sich fallen lassen könnte. Von der Religion nimmt sie nur die äußere Form. Trost, Hilfe, Gemeinschaft läßt sie nicht an sich heran. Was innen geschieht, bleibt innen. Die Zeit ebnet's ein, und die Arbeit, ja, wenn sie sich irgendwo hineinwirft, ist es die Arbeit.

An einem grauen Wintertag haben wir ihren Ältesten, den Flori, begraben. Wir stehen auf dem

Robender Friedhof. Ein eisiger Wind fegt Wolken von dünnem Schnee vor sich her. Wir warten. Der Sarg mit der Leiche ist noch nicht da. Ich stehe ganz hinten, weit weg von Familie und Verwandtschaft, verstecke mein Kind in den Falten meines Mantels. Es hat in der gleichen Kammer geschlafen, war zur gleichen Zeit krank, ist mit einer Grippe davongekommen, während Flori mit Kinderlähmung ins Krankenhaus mußte. Einmal die Woche haben sie hinfahren dürfen, um ihn durch die Glasscheibe zu sehen. An sein Bett durften sie nicht, kein Wort, keine Berührung zwischen Eltern und Kind, wochenlang. Die Stirn am Glas, haben sie zugeschaut, wie er weniger wurde. Immer brav, sagten die Schwestern, mit allem zufrieden, schon auf Erden ein Engelchen.

Sein Tod liegt in mir wie ein Stein, in dem Annis und mein Schicksal gnadenlos eingesperrt ist. Ich fühle die warme Hand meines Kindes in meiner. Warum er und nicht du? Warum sie und nicht ich? Über den gefrorenen Weg knirscht der Krankenwagen, stoppt, Fahrer und Beifahrer steigen aus, öffnen die hintere Tür. Ein kleiner weißer Sarg wird sichtbar. Die Träger und der Mann gehen hin. Kurzer Wortwechsel. Ehe die Sendung abgeliefert wird, muß der Transport bezahlt werden. Der Mann sucht in seinen Taschen, schüttelt den Kopf. Einer aus der Trauergemeinde legt das Geld aus.

205

Ob sie ihr Kind sehen darf, fragt Anni. Der Fahrer schüttelt den Kopf. Der Sarg darf nicht geöffnet werden. Vorschrift vom Krankenhaus.

Anni fügt sich. Kein Protest, auch von mir nicht. Stumm vor Entsetzen sehe ich zu, wie der Sarg zu der ausgehobenen Grube getragen wird. Der Trauerzug schließt sich an. Ich bleibe zurück, sehe Annis zweites Kind schwanken an ihrer Hand, nach Luft schnappen, spucken. Anni hält ihm den Kopf, wischt ihm den Mund ab, nimmt ihn auf den Arm. Sie stehen dicht am Grab, zwei kleine, gedrungene, vom Schicksal in die Erde geschlagene Menschen. Erdbrocken poltern auf Holz. Die Trauergemeinde trennt sich in einzelne, die am Grab, dann an den Eltern vorbeigehen. Weihwasser, Erde, Blumen fallen hinab. Ich kann mich nicht rühren, kann ihr nicht unter die Augen kommen mit meinem lebendigen Kind. Das Leichenmahl wird angesagt.

Sie geht an mir vorbei, das Gesicht hinter dem schwarzen Schleier verborgen. Anamama! ruft mein Kind. Sie hebt den Schleier und sagt: ich bin ja da. Später, zu Hause, packt sie ihren Jungen aufs Kanapee und gibt ihm Melissengeist auf einem Stück Zucker. Das ist der Hansi, sagt sie, zeigt auf mein Kind. Der ist jetzt dein Bruder.

Es ist ja alles noch da: das Haus, die Wiesen, die Au, der Fluß, das Tal. Keine E-Werke sind gebaut worden, keine Zweitwohnungs-Siedlung, kein Camping-Platz. Die Fremden finden hier immer noch, was sie suchen – Natur, heile Welt, Idylle. Die Veränderung ist innen passiert, unsichtbar für die, die nicht wissen, was vorher war ...

Innen, das war die Küche, niedrig, fast quadratisch, der größte Raum des kleinen Hauses, spärlich möbliert, viel Platz zwischen Herd, Schrank, Kanapee, Tisch. Fenster nach Osten und Süden, für Morgen- und Mittagssonne. Alle, die zum Haus gehörten, haben hier ihren Platz finden können, den Tisch zum Essen, zum Zusammensitzen am Abend, das Kanapee zum Ausruhen und Kranksein, den Herd zum Nähren und Wärmen.

Der Umbau hat die Wände gelassen und doch das Ganze verändert, das Licht, die Temperatur, das Verhalten des Raums zu den Menschen und das der Menschen zum Raum. Die alten Möbel am gleichen Platz sind nicht mehr die gleichen, weil sie zu anderen Zwecken gebraucht werden. Die Küche ist Gaststube geworden, der Herd in die neue Küche verlegt, die freie Mitte mit kleinen Tischen verstellt, die je nach Gästebedarf hin und her, aneinander und auseinander geschoben werden. Aus den Ecken ragen Fernseher und Gefriertruhe. Eine Mitte ist nicht mehr auszumachen. Wenn Gäste da sind, hat jede Runde ihre eigene Mitte. Wenn keine da sind, bildet der Fernseher den Schwerpunkt, nach dem sich Menschen und Möbel ausrichten.

Obwohl es mehr Sitzgelegenheiten gibt als zuvor, ist das Hinsetzen nicht mehr selbstverständlich. Ein Umschauen, Suchen, Zögern nach dem richtigen Platz geht voraus. Die festen Plätze von früher sind in die neue Küche gewandert, aber auch dort sind sie nicht mehr fest, weil der schmale Schlauch der neuen Küche, die aus dem Hinterstübchen und der ehemaligen Speis entstanden ist, ein ständiges Rücken und Sich-dünn-Machen erzwingt, manchmal sogar ein Weichen und Fortgehen, weil die Gäste die Tendenz haben, aus der Stube in die Küche vorzudringen, zur Mitte hin, die nun nicht mehr räumlich fixiert ist, sondern mit Anni zwischen Herd, Spüle und neuer Speis hin- und herflitzt. Auf dieser Rennbahn hat sie im Lauf der Jahre unabsehbare Strecken zurückgelegt.

Da man den Gästen nicht Nein sagen kann, niemand ihnen Grenzen zieht, sind die Plätze der Kinder und Hausgenossen am Tisch von ihrer Gnade und Zurückhaltung abhängig, auf die man nicht rechnen kann, weil die Gäste immer mehr werden und die Tendenz zur Wirtin hin immer stärker, spürbar sogar in den Zelten, die aus der Au zum Haus vorrücken, in den Autos, die nicht nah genug parken können, in den Schulklassen, die sich vor der Eisausgabe am Stubenfenster drängen. Bei Hochbetrieb im Sommer kann man sich nirgends mehr halten. Wenn die Gäste es nicht tun, fegt der Durchzug die Sitzer vom Stuhl und hinaus.

Aber ich greife voraus. So war es erst am Ende, auf der Höhe des Aufschwungs. In den ersten Jahren, auch später an Regentagen und im Winter, hat es gute Tage gegeben, lange Frühstücke, gemütliche Abende, an denen sich die Hausgenossen und Nachbarn in der neuen Küche zusammenfanden. Auf dem neuen Küchentisch knallten die Karten. Hund, Katze, Kinder, Annis und meine, fanden Platz für Spiele und Schulaufgaben. Weltverdruß-Joe sang seine traurigen und zotigen Lieder. Es war fast wie früher, nur die Mutter war nicht mehr dabei.

Sie hatte nichts gegen die Gastwirtschaft gehabt, im Gegenteil, sie mochte Menschen um sich herum, hätte am liebsten im Dorf gewohnt, hätte gern vom Fenster auf eine Straße mit Menschen und Verkehr geschaut statt auf Wiesen und Wald. Es gefiel ihr, daß Menschen und Verkehr nun nach

Schwaig kamen. Die Umstellung von Küche und Gaststube machte ihr nichts aus. Schwierigkeiten hatte sie nur mit der Treppe, das heißt, nicht mit der Treppe an sich, die ja breiter und bequemer war als die alte Stiege, sondern mit dem veränderten Ort des Aufgangs, nämlich von hinten, aus der Tiefe des Hausgangs, statt von vorn, gleich hinter der Haustür.

Dort seh ich sie stehen, kopfschütteln, flüstern. Sie möchte hinauf und kann nicht, weil genau da, wo die alte Treppe war, nun die Tür zum neuen Abort im Weg ist. Fragen mag sie nicht, weil sie nicht ganz sicher ist, ob der Fehler nicht bei ihr liegt, in ihrem dämmrigen, mangelhaft durchbluteten Hirn. Steht ein bißchen, wartet, ob die Treppe am Ende nicht doch erscheint, dann geht sie hinaus und am Haus entlang und weiter, bis zu dem Hackstock neben dem Reisighaufen, in dem immer ihr eigenes Hackl steckt. Da kennt sie sich aus, braucht keinen zu fragen, nimmt eine Handvoll Reisig auf den Block, hackt schnell und geschickt auf gleiche Länge, bindet zu Bündeln, türmt sie im Sommerstall. Das wächst und wächst bis unters Dach, wird nicht weniger, weil Anni längst gekaufte Anzünder zum Einheizen verwendet.

Was soll sie nur tun, wenn unter dem Dach kein Platz mehr ist? Brauchst nicht arbeiten, sagt Anni, darfst im Bett liegen bleiben wie die feinen Damen, darfst schlafen so lange du magst. Aber das will sie nicht. Im Bett sterben die Leute! sagt sie, schaut schräg und listig wie eine Maus aus dem Loch. Ins Bett läßt sie sich nicht abschieben. Bei den anderen möchte sie sein, da wo sich was rührt, in der Küche also, in der Kanapee-Ecke, aber da hält es sie auch nicht lange. So flüchtig ist sie geworden, so leicht, so gering, die Haare dünn, winziges Knötchen, Anni muß es ihr zusammendrehen und feststecken, wo fast nichts mehr zum Feststecken ist.

Gehn wir jetzt heim? sagt sie. Hier ist dein Heim! sagt Anni. Sie schüttelt den Kopf, lächelt, weil sie es besser weiß. Kurz darauf fragt sie wieder: gehn wir jetzt heim? Sie möchte die Nähmaschine unter den Arm nehmen und nähen gehen, wie sie es als Weißnäherin getan hat, weit über Land, von Hof zu Hof und dann wieder heim in das Gehöft am Seeufer, wo sie aufgewachsen ist, fünf Kilometer von hier. Aber die Nähmaschine ist größer und schwerer geworden. Hilf mir tragen, sagt sie zu Anni, gehen wir heim.

Anni versteckt die Nähmaschine auf dem Dachboden und gibt der Mutter Wolle und Stricknadeln in die Hand. Der Winter kommt. Die Kinder brauchen Socken und Handschuhe. Wenn die Finger nur nicht so steif, die Augen nicht so trüb wären. Wenn man sich nicht schämen müßte für die Fehler, die man beim Stricken hineinbringt. Wenn's nicht so schwer wäre, auf dem Kanapee sitzen zu bleiben, wenn die Frau Percht durch die Scheiben schaut. Immer wieder zieht sie die Vorhänge zu, steckt sie enger mit Sicherheitsnadeln, zieht und zupft, aber immer bleibt da ein Spalt, grade so breit, daß die gelben Augen hereinschauen können. Sieht das denn keiner? Was sind das für Vorhänge, die einfach nicht schließen wollen? Sie geht zum Abort, bleibt lange weg, hat sich heimlich davongemacht. Die Kinder werden ausgeschickt, sie zu suchen. Wenn sie sie gefunden haben, ziehen sie sie an den Händen hinter sich her. Sie wehrt sich nicht, murrt nur leise vor sich hin: Was soll ich in dem fremden Haus? Warum darf ich nicht heim?

Von da an haben wir besser aufgepaßt. Immer ist einer hinterher, wenn sie hinausging, aber eines Abends ist sie uns doch entwischt, die Kanapee-Ecke leer, das Strickzeug auf der Fensterbank, sauber die Nadeln ins Knäuel gesteckt. Keiner wußte, wie lang sie schon fort war. Anni ist zum Suchen hinausgegangen. Mama Mama! haben wir sie mit einer fremden klagenden Stimme ums Haus rufen hören. Dann ist sie zurückgekommen, hat Wolljacke und Kopftuch genommen, und wir sind alle mit hinaus, Große und Kinder mit Taschenlampen und Stall-Laternen zum Fluß hinunter, weil am Fluß immer zuerst gesucht wird, wenn jemand abgeht, weil Frauen ins Wasser gehen, wenn sie ihr Leben leid sind, während die Männer lieber den Strick nehmen oder das Schützengewehr. Beim Stolpern durch das Ufergestrüpp habe ich an die Frau Percht gedacht, die in solchen Nächten unterwegs ist. Wie Perchtengeschrei klang das Rufen der anderen durch die Finsternis. Lichter irrten am Ufer entlang. Mehrmals sah ich im schwarzen Fließen eine schwärzere Masse vorübertreiben, die im Strahl der Taschenlampe verschwand. Dann fingerten Scheinwerfer den Hohlweg hinunter.

Ein Nachbar von der Hochfläche hat die Mutter im Wagen zurückgebracht, ein Häufchen Mensch auf dem Beifahrersitz, winzig zusammengeschnurrt vor Schwäche und Frieren. Mitten im Feld hätte er sie aufgelesen, wie sie quer durch die Zeilen ging, das Gesicht dorthin gewandt, wo sie als Kind daheim gewesen war, auf dem kürzesten Weg, Luftlinie über Wiesen und Felder. So was habens im Gefühl, die alten Leut, sagte der Nachbar.

Anni hat sie hinaufgetragen, weil sie nicht mehr auf den Beinen stehen konnte, und von da an ist sie im Bett geblieben. Im Winter drauf, kurz nach Neujahr, ist sie gestorben.

Solang die Mutter mit uns am Tisch saß, ist nach dem Essen gebetet worden. Sie hatte als erste den Teller leer, stand auf, wandte sich zur Madonna und gab den Ton an. Die anderen folgten. Nach ihrem Tod versuchte der Mann, den Brauch fortzuführen, aber auf die Dauer gelang ihm das nicht. Unter dem Einfluß von Schichtarbeit und Gasthausbetrieb gerieten die Mahlzeiten ins Schwimmen. Die Runde brach auf, zerstreute sich, das Gebet verlor seinen Ort in der Zeit und verstummte. Der Sonntag wurde Stoßtag, Frühschoppentag, Ausflugstag für die arbeitende Bevölkerung, Arbeitstag für die Wirtin. Keiner wartete mehr mit Gebetbuch und Rosenkranz vor der Haustür, bis die Nachbarn zum Überfahren und Kirchgehen versammelt waren. Der Gartenbetrieb verschlang die trägen Sonntagnachmittage in der Laube. Fast unmerklich, wie alle Veränderungen dieser Jahre, löste die räumliche und zeitliche Ordnung sich auf.

Ich war dabei. Ich hab es gesehen und mitgemacht. Nichts gesagt. Da gab's nichts zu sagen, nicht für eine wie mich. Es war ja ihre Ordnung, die sich auflöste, nicht meine. An Gebet und Gottesdienst hatte ich nie teilgenommen. Die Idylle, die ich dahinschwinden sah, war für sie nie Idylle gewesen. Was ich sehe, sehen sie anders, und zwischen ihrem und meinem Sehen gibt es offenbar keinen Weg. Wenn sie jemals lesen, was ich hier schreibe, werden sie mich wieder einmal Lügner und Nestbeschmutzer nennen. Ihr Zorn über mein Anderssehen wird meine Vertreibung besiegeln. Wenn wenigstens du, Anni, begreifen würdest, daß mein Schreiben als Dank gemeint ist ...

Und ich? Hab ich mich etwa gar nicht verändert? Bin ich als einzige fest geblieben, eine Freundin, an der du dich hättest festhalten können, wie ich mich all die Jahre an dir festgehalten habe? Ich würde es gern so sehen, aber es ist etwas dazwischen, ein einziger schwarzer Augenblick. Ich weiß den Ort und die Zeit und das Gefühl von Entsetzen und Schuld, aber was geschehen ist und warum, ist mir bis heute nicht klar.

Der Mann in meinem Bett? Du hast mir meine Freunde und Liebhaber nicht übelgenommen. Einige hast du ganz gern gehabt, über andere gelächelt, gespottet, den Kopf geschüttelt. Kein Zeichen von Neugier oder gar Neid. Was ich nicht von selbst erzählte, interessierte dich nicht. Im Laufe der Jahre hatte ich einen sechsten Sinn entwickelt, der mir mitteilte, ob dieser Mensch, diese Stimme, diese Kleidung, diese Art sich zu geben, zu euch paßte oder nicht. Die Passenden führte ich vor, die Unpassenden hielt ich fern. Was sich in meinem Zimmer und in meinem Bett abspielte, beunruhigte höchstens die Tanten, die mit mir im

215

Zuhaus wohnten, seit die Kammern im alten Haus dem Umbau zum Opfer gefallen waren. Was die Tanten redeten, störte mich nicht, solang zwischen uns beiden alles in Ordnung war.

Warum hab ich mich in diesem Fall anders verhalten? Woher die abergläubische Scheu, die Ausweichmanöver, die Heimlichkeiten? Als müßte ich diese Liebe vor dir verstecken! als könntest du mir meinen neuen Anfang kaputtmachen. Du hast keinen Anlaß gegeben, solche Gedanken zu denken, und es waren auch keine Gedanken, nichts, was ich hätte prüfen und widerlegen können, aber irgendwo muß die Panik hergekommen sein, irgendein Druck muß die schlimmen Worte aus meinem Mund gestoßen haben: Anni soll weggehen! Ich will nicht, daß sie uns anschaut! Als stünde die Frau Percht vor der Tür.

Du konntest nicht wissen, daß wir im Bett waren. Es war heller Nachmittag. Kurz vorher hattest du uns mit dem Auto heimkommen sehen. Du wolltest mir die Post bringen, ein Telegramm. Später, als ich es wagte, die Tür zu öffnen, lag es auf der Schwelle. Wenn ich die Haustür gehört hätte! Wenn ich ein paar Sekunden Zeit gehabt hätte, mich aus der Umarmung zu lösen und zur Besinnung zu kommen. Dein Schritt vor der Tür kam wie ein Eissturz über mich. Kindheitsängste? Damit hattest du nichts zu tun.

Der Freund versteht nichts. Er will mich an sich ziehen. Ich kann nicht. Steif, eiskalt vor Grauen hocke ich auf dem Bettrand, horche, wie dein Schritt sich entfernt. Nichts mehr mit Liebe. Wenn er mich anrührt, sträuben sich imaginäre Stacheln. Er sagt, daß ich hier fort muß, erwachsen werden, mich frei machen von dieser Frau. Ich kann nichts sagen, nichts erklären. Ich weiß nur, daß etwas Unwiderrufliches geschehen ist. Bis tief in die Nacht liegen wir wach und sprechen zum ersten Mal vom Weggehen. Ich soll die Brücken hinter mir abbrechen, einen neuen Anfang machen. Vor dem Morgengrauen reist er ab.

In Schwaig gibt es Frühstück wie immer. Kein Wort, keine Miene erinnert an das, was geschehen ist, aber es ist da, zwischen uns, unausgesprochen, unverstanden. Ein schwarzes Loch Schweigen. Von Tag zu Tag warte ich auf den Anruf, der mir sagt, daß ich fort kann. Als er schließlich kommt, bereite ich die Abreise heimlich vor. Jedes Stück, das ich einpacke, vertieft das Schweigen. Wir, das Kind und ich, verabschieden uns wie zu einer der üblichen Reisen. Anni nimmt es mit Gleichmut, tritt nicht mal vor die Tür, um uns nachzuwinken. Anamama ist traurig! sagt das Kind.

Nach Jahren, als mein neuer Anfang häßlich zu Ende ging, stieß ich beim verzweifelten Suchen nach Gründen immer wieder auf diesen Augen-

blick: der Schritt, der Schrei, das Schweigen danach. Geschlagen kroch ich ins alte Loch zurück.
Anni hätte gewußt, daß die Sache schiefgeht, sagt
Elfriede. Jedesmal, wenn einer nach mir fragte,
hätte Anni gesagt: das dauert nicht lang. Die
kommt schon wieder.

Zum dritten Mal komm ich nach Schwaig, ausgerechnet an einem Sonntag, steh mit meinen Kindern im Hausgang herum, laß mich vom Betrieb
überrollen, warte. Endlich fegt Anni vorbei: Bist
wieder da? Groß geworden ist er, der Hansi. Fürs
Dirndl hol dir den Kinderstuhl vom Dachboden.

Es war immer schon schwierig, zu sehen, was in
ihr vorgeht. Jetzt seh ich gar nichts mehr außer
Arbeit, so schnell, daß ich mit den Augen nicht
nachkomme. Fremde Leute machen sich in der
Küche zu schaffen. Ich weiß nicht, wie sie dazu-
gehören, Sommergäste, Stammgäste, Aushilfen.
Einer faßt mich am Arm, zieht mich in die Stube,
an eine freigebliebene Tischecke, ein junger brauner Kerl, schmal, etwas gebeugt, dunkler Blick.
Ich kenn dich schon, sagt er, von dir haben sie viel
erzählt. Trink! bist müd von der Reise. Er schiebt
mir eine Tasse hin, Kaffee mit viel Kognak. Trinkst
du den Kaffee immer so alkoholisch? frag ich. Immer wenn Anni mir einen spendiert. Ein Lächeln,
komplizenhaft, subversiv. Er greift sich einen Salat
vom Nebentisch, wirft geschickt wie ein Jongleur
die Schüssel von einer Hand in die andere, serviert
von links, mit Verbeugung, Serviette unter dem
Arm.

Bist du der Zigeuner, von dem sie im Dorf erzählen? – Nein, sagt er, ich bin Weltverdruß-Joe.

Hochsaison, Badezeit. Gummiboote den Fluß hinunter. Ein riesiges Wehrmachtsschlauchboot, besetzt mit grölenden Trinkern, zieht eine trübe Fahne von Bier und Pisse hinter sich her. An der Fähre gehen sie an Land, stürmen den Wirtsgarten. Brotzeit, Essen, Kaffee, Kuchen, Eis. Bier Bier Bier. In der Stube läuft der Fernseher: Fußball.

Gluthitze im Küchenschlauch. Bratfleisch dampft aus dem Rohr. Topf an Topf auf der Platte: Kartoffeln, Knödel, Reis, Nudeln, Soße, Gemüse, siedendes Kaffeewasser. Auf Tischen, Fensterbänken, Stühlen stehen Waschschüsseln voll Salat. Auf der Anrichte türmt sich das dreckige Geschirr, wird ständig abgewaschen und doch nicht weniger. Kein Platz für eine Spülmaschine, das geht auch nicht schnell genug. Hände sind fixer und billiger, wenn sie zur Familie gehören. Die Kinder ergreifen die Flucht, damit keiner sie einspannt zum Eisverkaufen, Bestecke wickeln, Abwaschen, Überfahren. Unaufhörlich drängen Leute zum Hausgang hinein, in die Küche, in die Stube, wieder in den Hausgang, hinaus. Geschriene Bestellungen, Bons auf den Nagel gespießt, Fährglockengebimmel, beladene Tabletts: aus dem Weg! paß doch auf!

Dazwischen rollt rotglühend die Wirtin, dirigiert die Helfer, hat alles im Griff, kann verschiedene Stränge gleichzeitig denken und tun, bemerkt alles, jeden, der kommt, der gehen will. Rechnet blitzschnell im Kopf. Vergißt nichts. Begrüßt Vorzugsgäste. Bringt die richtigen Leute zusammen. Schlichtet Streit. Zieht Betrunkene aus dem Verkehr. Nimmt Bestellungen an. Reibt Fettflecke aus Hosenbeinen. Packt Reste ein für den Hund.

Hundert Essen, wenn's reicht. Früher waren es höchstens zehn, da ging's grade um. Aber der Herd ist nicht größer geworden, die Küche sogar enger. Das kleine Haus kracht in allen Fugen. Wieviel kann noch hinzukommen, bis es platzt, bis die Arbeit der Wirtin über dem Kopf zusammenschlägt. Und wenn du nur zum Wochenende aufmachst? Wenn du kein warmes Essen gibst, nur Brotzeit und Getränke? Wenn du mal Betriebsferien machst?

Anni hört nicht. Dick ist sie geworden, Kugelbauch unter der Schürze. Beine immer noch schmal. Schlanke Fesseln, steinharte Waden vom Laufen. Das Wirtinnenlächeln wie eingeritzt. Der Blick aufmerksam und bewußtlos zugleich. Keine Zeit zum Niedersetzen. Keine Mahlzeit in Ruhe. Ein hastiger Schluck aus der Flasche. Sauce probieren. Bratenrest vom Teller in den Mund. Eine

Gabel Salat hinterher. Wenn der letzte Sitzer endlich draußen ist, die Familie längst im Bett, geht es ans Aufräumen, Auswischen, Gläserwaschen, Kartoffelschälen, Fleischauftauen für morgen. Nacharbeit wächst in Vorarbeit. Oft kommt sie gar nicht ins Bett.

Wie hältst du das aus? Verächtlich pustet sie durch die Lippen: an Arbeit ist noch keiner gestorben! – Weißt du das so gewiß?

Was nicht Arbeit ist, wird geschoben, auf Regentage, auf den Winter, auf irgendwann, manches so weit weg, daß es nie mehr auftaucht. Kann man denn alles schieben? Die Kinder, die Freunde, die Nachbarn? Manche kommen nicht mehr. Das fällt nicht auf. Es gibt immer neue. Gäste sind Gäste. Geld ist Geld. Wer zahlt, ist recht.

Und du, Anni, du selbst? Wo hast du dich hingeschoben, daß ich dich nicht mehr finden kann? Eifersüchtig verteidige ich unsere Frühstücke. Stehe von Tag zu Tag früher auf, um Anni allein zu haben. Halte sie fest am Tisch mit Reden und Fragen. Stemme mich gegen den Strom, der sie wegreißen will: Weißt du noch früher? Gehen wir mit den Kindern in die Himbeeren? Was tun wir am Ruhetag?

Ruhetag! Man muß die Haustür abschließen, die Gardinen zuziehen, am hellichten Tag im Dämmrigen hocken und flüstern, damit nur keiner merkt, daß jemand zu Hause ist, sonst rennen die Gäste einem die Bude ein: Bitte, Frau Wirtin, nur ein einziges Bier! Dann sitzen sie draußen mit ihrem Bier, und alle, die nachkommen, wollen auch eins und Limo für die Kinder und eine ganz einfache Brotzeit.

Gib einfach nichts aus! – Geht nicht. – Dann mußt dich ins Bett legen oder wegfahren. – Aber du magst am Tag nicht im Bett liegen. Du fährst nicht gern weg. Du ißt nicht gern auswärts. Du bist am liebsten daheim. – Gern! am liebsten! Danach darf man nicht fragen. Was zu tun ist, muß getan werden. – Wer sagt denn, was zu tun ist? – Braucht keiner sagen. Die Arbeit ist da. – Du bist die Chefin. Du kannst dir's einrichten. – Es muß immer weitergehen. – Was muß weitergehen? warum? wohin?

Sie steht auf, holt den Block, notiert Bestellungen für die Brauerei. Das Brot geht auch aus. Ich darf zum Bäcker fahren. Das ist alles, was ich für sie tun kann. Und den Mund halten.

Mach dir nichts draus, sagt Weltverdruß-Joe, der nicht mit uns am Tisch sitzt, sondern mit seiner Riesentasse voll Kaffee-Kognak auf einem einzelnen Stuhl zwischen Anrichte und Küchenschrank. Morgen regnet es, sagt er. Dann machen wir's uns gemütlich.

Von einer Reise in dieser letzten Zeit hab ich Anni einmal einen Brief geschrieben, in dem ich andeutete, daß es doch schön für sie sei, einen sensiblen Menschen wie Weltverdruß-Joe im Haus zu haben, der sie versteht und zu würdigen weiß, der ihr zuhört, während alle anderen immer nur von sich reden und für sich was wollen.

Sie hat nicht geantwortet, aber als ich beim nächsten Aufenthalt auf den Brief zurückkam, hat sie zu schimpfen angefangen, wie launisch, unzuverlässig, überspannt er sei, was für verrückte Metten er hätte, ein Quengler, dem man nichts recht machen könne, ein Treibauf, Lügenbold, Hintenrumschwätzer, ein Trinker obendrein. Die Heftigkeit ihres Schimpfens hat mich stutzig gemacht, und als ich dann näher hinsah, bemerkte ich, daß ihr Tun anders war als ihr Reden.

Zu dieser Zeit hatte Joe von Malerarbeiten ein Ekzem an den Händen, das manchmal, eitrig nässend, bis zu den Ellenbogen hinaufkroch. Bedienen kam nicht mehr in Frage. Solche Hände konnte man den Gästen nicht zumuten. Zu nichts sei er nütze, murrte Anni. Aber am Abend behandelte sie seine Hände mit einer teuren Salbe, die sie voll bezahlen mußte, weil er ja nicht zum Arzt zu

224

kriegen war. Und wenn die Hände dick einge-
schmiert waren, hat sie ihm jeden Finger einzeln
und den Arm bis zum Ellenbogen verbunden und
den Verband mit Leukoplast verklebt, damit er
ihn beim Kratzen nicht herunterreißen konnte.
Dabei schimpfte sie vor sich hin und er schimpfte
zurück, aber die Art, wie ihre Hände mit seinen
umgingen, erinnerte mich an das Händespiel zwischen Wenzel und Anni beim Boot-Reparieren.
Der Zweck war ein anderer, aber es war eine
Zärtlichkeit dabei. Seitdem hab ich ihr Schimpfen
nicht mehr so tragisch genommen. Beim Essen
schob sie ihm unauffällig Speisen zu, die er mit
seinem nervösen Magen vertragen konnte: mage-
res Fleisch, Mehlspeis, Salat. Sein Zeug hielt sie in
Ordnung, kaufte, was nötig war, Unterwäsche,
Hemden, sogar einen Anzug. Da er zum Einkaufen im Dorf nicht zu bewegen war, mußte sie allein auswählen, aber was sie dann heimbrachte,
war immer so, daß es ihm in seiner Eitelkeit wohl-
gefiel.

Als seine Jugendsünde mit dem unehelichen
Kind herauskam, hat sie sich von dem Versiche-
rungsvertreter, der immer zum Frühschoppen
kam, beraten lassen, wie man am besten an einer
Verhandlung vorbeikommen könnte – wieder allein, weil Joe sich beizeiten verdrückt hatte. Danach hat sie regelmäßig die Alimente überwiesen,

225

von dem Geld, das er verdiente, wenn er mal arbeiten ging. Aber als er dann nicht mehr arbeiten ging, hat sie weiter Geld überwiesen. Darüber ist nicht gesprochen worden.

Das Schlimme war nur, daß Weltverdruß-Joe einer war, der nicht genug kriegen konnte. Sein Hunger nach Bestätigung, Lob, Verwöhnung, nach Liebe war ein Faß ohne Boden. Was sie auch hineinwarf im Lauf der Jahre, die Leere blieb, ein permanenter Sog, ein unstillbares Verlangen, das längst vor ihrer Zeit entstanden war und nun nicht mehr erfüllt werden konnte, höchstens betäubt mit immer mehr Alkohol. Und den gab sie ihm auch.

In dem neuen Zimmer neben der Haustür ist Weltverdruß-Joe gestorben, dort, wo früher der Kuhstall war und nach dem Umbau eine Art Abstellraum und Unterkunft für vorübergehende Gäste. Er war knapp über dreißig, und nach seinen Begabungen und Fertigkeiten hätte er alles mögliche werden können. Daß er nichts von allem Möglichen geworden ist, liegt nach Ansicht der Nachbarn an seiner zigeunerhaften Unzuverlässigkeit, die es ihm unmöglich machte, bei einer Arbeit zu bleiben, einen begonnenen Weg weiterzugehen. Ich sehe das anders.

Unter all den angefangenen und abgebrochenen

Wegen sehe ich einen, den er von Kindheit an
gegangen, gelaufen ist, einem Wunschziel nach,
das durch Laufen und Wünschen nicht zu erreichen war, und das hat er gewußt. Aus diesem
Wissen kamen die Anfälle tödlicher Lustlosigkeit,
die ihm alle anderen Wege blockierten. Und der
Alkohol. Und der Tod. Die Geschichte, die er
dazu erzählte, mag erlogen sein, mindestens übertrieben. Er war ein Meister im Erzählen von Lü-
gengeschichten, und alle hörten ihm zu und hatten
ihren Spaß daran, weil er nicht nur sprach, sondern das Erzählte auch darstellte mit dem Gesicht,
den Gesten, mit dem ganzen Körper. Aber geglaubt haben sie ihm kein Wort, und das war ein
Fehler. Die Wahrheit ist nun mal nicht pur zu
haben. Sie steckt in dem Erzählten, als Rätsel, als
Vexierbild, auch wenn es erlogen ist in dem Sinne,
daß es ein Stück vom Leben aus dem ununterbrochenen Fließen herausnimmt und fertigmacht, obwohl es in Wirklichkeit vom Leben keine Stücke
gibt und schon gar nichts Fertiges. Alles, was einmal war, bleibt drin, mischt sich, läuft mit allem,
was nachher kommt, bis zum Ende, und vom
Ende kann keiner erzählen.

Joes Geschichte fängt eigentlich im Krieg an.
Davon kann er nichts wissen, weil er zu klein war,
als die Mutter sich mit dem Treck auf den Weg ins
Reich machte, allein mit dem Kind. Der Vater war

noch in Rußland und kam erst Jahre danach aus der Gefangenschaft. Da waren sie schon untergekommen in einem Behelfsheim am Stadtrand, und des Vaters Platz war besetzt, sein Bett von einem falschen Vater angewärmt, und ein neues Kind war auch schon da. Der falsche Vater hat sich davongemacht, das neue Kind blieb, der richtige Vater kroch in das angewärmte Bett, zu kaputt, um sich mit alten Geschichten herumzuschlagen.

Für Joe, der damals noch Erwin hieß, war der richtige Vater so lästig wie der falsche und das Kind, weil alle drei ihm den Platz wegnahmen, den einzigen, den er haben wollte, den bei der Mutter. Damit fängt seine erzählte Geschichte an, daß die Mutter ihn nicht wollte, ihn wegschickte in ein nahegelegenes Kloster, wo er zur Schule gehen sollte. Sie hätten es so eng in der Unterkunft, jetzt, wo der Mann zurück sei und mit dem kleinen Kind, hat sie bei der Ablieferung zum Pater Remigius gesagt. Im nächsten Jahr wären sie vielleicht besser dran, aber vorläufig sei das Kloster und eine harte Zucht genau das Richtige für den Jungen, wie er nun mal ist, Sie werden's schon merken, Herr Pater! Der Mann sei noch viel zu kaputt von der Gefangenschaft, als daß er ihn richtig versohlen könnte.

Warum denn versohlen? hat der Pater gesagt. Der war gar nicht so übel, hat sich des Kindes

ganz persönlich angenommen, hat seine Engelsstimme entdeckt und ihn im Chor mitsingen lassen, obwohl er niemals lernte, die Noten zu lesen.
Trotzdem hat er abhauen müssen, vor lauter
Heimweh. Er hätte ja wissen können, daß die
Mutter ihn nicht wollte, und er hat's auch gewußt,
die ganze Zeit beim Laufen die eisige Landstraße
entlang, ausgerechnet am Heiligen Abend, wo hinter allen Fenstern die Kerzen brannten und in der
Klosterkirche die Mozartmesse gesungen wurde,
ohne seine Engelsstimme im Sopran.

Er hatte sich nicht mal getraut, den neuen Win-
termantel anzuziehen, sollte ja keiner wissen, was
er vorhatte, ist im Kommunionsanzug abgehauen,
der ihm an Armen und Beinen zu knapp war und
im ganzen zu eng, darunter das weiße Hemd mit
der Schleife, und gelaufen, gelaufen, immer auf der
linken Seite der Landstraße, auf der sie ihn her-
gebracht hatten. Den Weg hatte er sich beim Her-
fahren schon gemerkt. Da er keine Steinchen und
keine Körner gehabt hatte wie Hänsel und Gretel
beim Gang in den Wald, hatte er sich die Merkzei-
chen in sein überspanntes, von Angst und Wut auf
Höchstleistung getriebenes Hirn gemacht, und hat
sich beim Laufen nicht einmal verirrt.

Länger als zwei Stunden will er nicht gebraucht
haben für die zehn Kilometer, weil er in einem fort
gelaufen ist wegen der Kälte und aus Furcht vor

der Dunkelheit, die ihn dann doch überholte. Daß er Prügel kriegen würde, hat er natürlich gewußt, und als er endlich ankam und mit der einen Hand an die Tür trommelte, hat er die andere Hand vor dem Hosenboden gehabt, aus purer Gewohnheit. Prügel hätten ihm gar nicht soviel ausgemacht, wenn er nur hinterher hätte drin sein können, am Herd, die nassen Sachen über die Stange gehängt, die Schuhe mit Zeitung vollgestopft im Backofen, als wär er grad vom Schlittenfahren heimgekommen. Das wirklich Schlimme, das Gemeine und Niederträchtige war ja, daß sie ihn gar nicht erst reinließ, daß sie das eigene Fleisch und Blut vor der Tür stehenließ, im Kalten. Das müßt ihr euch mal vorstellen, sagt Joe, ins Taschentuch schnaubend, so eine Kindheit! Da braucht man sich über gar nichts mehr wundern.

Durchs Küchenfenster, das zu ebener Erde war, hat er zusehen müssen, wie der Vater die wattierte Jacke anzog, die der falsche Vater beim Weggehen zurückgelassen hatte. Das neue Kind fing zu schreien an, und die Mutter hat es aufgenommen und getan, was Mütter mit schreienden Kindern tun. Ihn da draußen hat es gefroren, wie es ihn den ganzen Weg nicht gefroren hatte. Seine Zähne haben geklappert, daß sie es drinnen hätten hören müssen. Unter Zähneklappern hat er gejammert: Loßt's mi eina! Eina mecht i! in dem Dialekt, den er sich als einziger der Familie sofort angeeignet hatte, weil er unbedingt wie die anderen sein wollte, damals schon, einschlüpfen, drin sein, sich nicht unterscheiden. Aber irgendwie ist ihm das nie so ausgegangen, auch im Tal nicht, vielleicht weil er zu gescheit war oder zu sensibel oder zu hübsch mit seinen Samtaugen, der feinen bräunlichen Haut, mit den Rabenhaaren, die auch ohne Pomade glänzten. Vielleicht auch nur, weil er sich zu inständig darum bemühte.

Vor lauter Frieren ist er immer kleiner geworden und war nur noch ein schluchzendes Häufchen auf der Schwelle, als der Vater endlich herauskam. Dem hat es leid getan, daß der Junge nicht wenigstens was Warmes in den Leib kriegen sollte nach dem langen Weg in der Kälte, aber gegen die Mutter hat er nichts machen können. Wenn die was nicht wollte, biß man bei ihr auf Granit. Der Vater hat nur die Jacke ausgezogen und sie dem Jungen um die Schultern gelegt, dann sind sie nach nebenan zum Nachbarn, der auch aus der alten Heimat war. Von ihm haben sie sich das Auto ausgeliehen und sind ins Kloster zurückgefahren. Geredet haben sie nichts. Es gab nichts zu reden zwischen ihnen. Zum Vater hatte der Junge auch gar nicht gewollt, sondern zur Mutter.

Ins Tal ist er mit dem Bautrupp gekommen, den der neue Besitzer von Kammer engagiert hatte, um neben dem alten Wohnhaus ein neues nach seinen Begriffen von Modernität zu bauen. Mittags und abends fuhren die Arbeiter über den Fluß nach Schwaig, wo sie einen Extratisch und Extraessen bekamen, wie der Herr Pinkus es vorher abgesprochen hatte. Wenn sie dann wieder zur Arbeit gingen, kam es vor, daß der, der sich Joe nannte, sitzen blieb, um sein Glas auszutrinken, eine Geschichte fertigzuerzählen oder um sich mit kleinen Hilfeleistungen nützlich zu machen. Eigentlich hätte er Maler gelernt, sagte er und bot an, nach Feierabend die Küche zu streichen.

Um diese Zeit war Kaminke schon tot, das war Joes Chance. Die eifersüchtigen Argusaugen des Alten hätten schnell entdeckt, daß der Neue zwar geschickt und erfinderisch war, aber irgendwie nicht solide, jedenfalls nicht im Kaminke-Sinn, obwohl vom Unsoliden am Anfang wohl nichts zu merken war, weil der Neue mit allen Mitteln in dieses Haus hinein und bleiben wollte. Es wird alles gestrichen! verkündete er und kam jeden Tag mit neuen Ideen an. Attraktiv und modern sollte es werden in Schwaig, nicht nur was die Farbgestaltung betraf. Bunte Sonnenschirme, Liegestühle, Kinderschaukel, Salettl für Regentage, Außenabort getrennt für Damen und Herren mit fließendem Wasser, Schnüre mit bunten Leuchtbirnen zwischen den Obstbäumen gespannt, und alles, alles wollte er selber machen und hatte auch alles schon mal gemacht in seinem früheren Leben: Dachdecken, Schreinern, Installationen, Elektrik, Fernseher- und Waschmaschinen-Reparaturen, natürlich auch Kellnern.

Das führte er in der Praxis vor, an Wochenenden, wenn die anderen Arbeiter nach Hause fuhren. Entsprechende Kleider hatte er mit: weißes Hemd, buntes Bandl, schwarze Kniehosen, weiße Kniestrümpfe. Hübsch sah er aus, elegant, trotz der bäuerlichen Kluft, bewegte sich wendig und geschickt, fand sich blitzschnell zurecht, mußte nicht lang eingewiesen werden, wußte, wo alles steht, wie es gemacht wird nach Art des Hauses. Da brauchte Anni gar nichts zu sagen, konnte in der Küche bleiben, die Gäste ihm überlassen, seinen launigen Sprüchen, seinem galanten Umgang mit Damen. Und am Abend machte er den Alleinunterhalter, sang von Baß bis Falsett, erzählte Geschichten aus seinem Leben und unanständige Witze, zauberte mit Karten, Würfeln, Münzen, brachte Anni sogar so weit, daß sie die verstaubte Gitarre vom Nagel nahm und die beiden Akkorde versuchte, die sie für Robert gelernt hatte.

Ja, in dieser ersten Zeit war er der ideale Mann für die Gastwirtschaft, unersetzlich, wenn man bedenkt, daß der Mann sich mehr und mehr von der Arbeit zurückzog, müde, wie er war zwischen

den Schichten und nicht mehr so ganz gesund, die
Hände nicht mehr ruhig, die Augen entzündet,
der Magen gereizt. Man gewöhnte sich daran, daß
er die Abende am Fernseher und die Sonntagnachmittage an der Fähre verdämmerte, auf einem
Stuhl, den er sich extra hinausgetragen hatte, um
in Ruhe dazusitzen und ins fließende Wasser zu
schauen. Der Neue schaffte das schon, es mag
sogar sein, daß er es zu gut schaffte, zu eifrig, zu
begierig, sich unentbehrlich zu machen.

Jedenfalls gab es damals schon Leute, die ihn
nicht mochten und wegen ihm und der neuen Art
Gäste, die er anzog, seltener kamen und schließlich ausblieben. Schwaig sei nicht mehr, was es
früher gewesen war, sagten sie. Ein böser Geist sei
eingezogen. Damit meinten sie Weltverdruß-Joe.
Manche munkelten sogar von einem Verhältnis
zwischen ihm und der Wirtin. Wenn mir dieses
Geschwätz zu Ohren kam, habe ich protestiert:
Verhältnis ja, aber nicht wie ihr meint mit Bett
und so weiter! Und bin dabei so heftig geworden,
daß sie am Ende annahmen, ich sei es, die mit
Weltverdruß-Joe ein Verhältnis hätte, was ebenso-
wenig stimmte. Die Wahrheit war, daß Weltverdruß-Joe und ich lange Zeit, fast bis zum Ende, so
etwas wie heimliche Bundesgenossen waren: zwei
Fahrende, die in Schwaig daheim sein wollten, je
brüchiger das Daheim, um so heftiger. Das haben

wir voneinander gewußt, obwohl wir nie darüber gesprochen haben.

Daß er zuviel trank, wußte ich früher als die anderen, für die der Alkohol trotz grassierender Leberzyrrhose immer noch ein harmloses Nährmittel ist. Ich verstand auch, warum er trank. Zu lange war er gelaufen auf der vereisten Straße, zu oft mit dem Kopf gegen die Wand gerannt mit seinem Wunsch, irgendwo der Allererste zu sein, Hausherr und Lieblingskind zugleich. Viel früher, vor Jahrzehnten, als er noch nicht so kaputt war und Anni noch weich und offen, hätte es vielleicht einen Platz für ihn geben können, irgendeine Form von Liebe, an der er hätte satt werden können. Jetzt war der Platz mit Arbeit besetzt, was übrigblieb, reichte nicht aus. Nach und nach kamen seine Beschädigungen heraus, Launen, Wutanfälle, Depressionen, Zusammenbrüche. Das konnte nicht gutgehen, jedenfalls nicht besser, als es gegangen ist.

Das Lied vom Weltverdruß hat Joe seinen Spitznamen Weltverdruß-Joe gegeben. Der Text sei ihm auf den Leib geschrieben, sagte er. Wer den verfaßt hätte, müsse so einen wie ihn, Joe, gekannt haben oder selber so einer gewesen sein.

I hab koan Vater mehr, und a koa Mutter mehr,
koa Schwester, Bruder und koan Freind,
i bin a verlassnes Kind, als wia da Halm im
     Wind,
i bin der Weltverdruß, so hams mi gnennt.

I sollt mi lustig zoagn, wanns Dirndl tanzen
     mecht,
ja tanz nur zu, i spui dir auf,
ja wann die Zither klingt und's Herz im Leib si
     schwingt
für mi hat d'Welt koan Sinn und a koan Klang.

Und steh i draußn am Feld und blick so in die
     Welt,
wie ungleich is es dort verteilt,
da oane kennt koa Not, da andre kränkt si z'
     Tod,
wer einmal herzkrank is, wird nimmer g'sund.

Und weil mi koane mag, greif i zum
   Wanderstab
und wandre in die Welt hinaus.
Ihr Berge himmelhoch, euch Täler grüeß i
   noch,
des is der letzte Gruß vom Weltverdruß.

Nur selten gelang es mir, die Melodie so traurig
und gefühlvoll zu spielen, wie er sie hören wollte.
Ungeduldig nahm er mir die Harmonika aus der
Hand und versuchte, selbst zu spielen, was er in
seinem Kopf hörte. Das war sein größter Wunsch:
ein Instrument spielen, Harmonika, Gitarre,
Schlagzeug, Trompete, Zither, irgendwas, um den
Leuten zu beweisen, daß er, Weltverdruß-Joe, im
Tiefsten ein Künstler sei. Wie oft habe ich versucht, ihm ein paar Akkorde beizubringen, aber er
hielt nicht durch. Beim ersten Mißklang schlug die
Lust in Wut um. Dann mußte ich aufpassen, daß
er mir das Instrument nicht zerschlug wie die
Plastik-Melodika, die Anni ihm zu Weihnachten
geschenkt hatte und die am ersten Feiertag schon
kaputt war, auf der Herdkante zerschmettert, weil
er mit den Halbtönen nicht zurechtkam. Den Gästen machte er weis, er sei Trompeter in einer
Jazzband gewesen, und einmal wollte es das Unglück, daß einer eine Trompete dabei hatte. Er
holte sie aus dem Auto und sagte zu Joe: Dann

spiel mal einen auf! Mir wurde angst und bange. Ich versuchte, den Auftritt zu verhindern, aber es war schon zu spät. Weltverdruß-Joe stellte sich in Positur, nahm die Trompete an den Mund, klopfte mit dem Fuß einen langsamen Rhythmus, schloß die Augen, wünschte, glaubte, hörte ihn schon, den herzzerreißenden Blues, den er spielen würde. Dann blies er und nichts kam heraus als eine Art Stöhnen. Die Gäste sind in brüllendes Gelächter ausgebrochen. Joe ist hinausgestürmt in die Dunkelheit. Der tut sich was an, hab ich zu Anni gesagt. Sie hat den Kopf geschüttelt: Der kommt schon wieder!

Dreimal ist Joe so fortgegangen, fortgefahren auf seinem Moped mit Anhänger, einmal zu der rothaarigen Bedienerin im Neue-Heimat-Wirtshaus, das dauerte nur ein Wochenende lang, und am Montag nach der Arbeit war er wieder da. Die beiden anderen Male ging er wegen Walter, einmal aus Eifersucht, einmal aus Freundschaft, der einzigen, die er wohl je zustande gebracht hat. Beim letzten Mal war ich ganz sicher, daß wir ihn nie wiedersehen würden. Nur Anni hat es nicht geglaubt und recht behalten.

Walter, Student aus München, ist mit einer Gruppe junger Leute zum Zelteln ins Tal gekommen, was eigentlich verboten war wegen Landschaftsschutz. Aber auf die Insel, wo sie ihr Zelt aufgeschlagen hatten, kam selten ein Mensch hin, und die Polizei hatte mit Landschaftsschutz ohnehin nichts am Hut. Abends saßen sie langhaarig, lässig in ihren schlampigen Klamotten in der Laube und sangen zur Gitarre Lieder, die hier keiner kannte, aber am Ende hatte Joe sie so weit, daß sie seine Lieder sangen. Während die Nachbarn sich mißtrauisch fernhielten, brillierte er mit seinen Faxen und Geschichten und fand damit soviel Beifall, wie er ihn den Hiesigen nie hatte abringen können. Wenn sie spät zum Zelt zurückgingen, ließ er Gastwirtschaft Gastwirtschaft sein, hockte mit ihnen am Feuer, flirtete mit den Mädchen, und die Nachbarn sagten: Nun schmeißt er sich bei den Studenten an, der Lodsch!

Walter war damals schrecklich verliebt in ein Mädchen namens Marion. Wie die Kletten hingen sie aneinander, tuschelnd, küssend, in Umarmungen verschlungen. Das geht nicht lange gut! sagte Anni. Tatsächlich hat das Mädchen Walter sitzenlassen, nicht hier, sondern als sie wieder in der Stadt waren, und das war eigentlich der Grund, daß Walter später zurückkam, allein, zum Überlaufen mit Weltschmerz gefüllt, den er am Ort seines vergänglichen Glücks ausbaden wollte bis zur bitteren Neige. So einer war er, weich, gefühlvoll, ein bißchen larmoyant, dabei liebenswürdig, alle mochten ihn, sogar Anni. An dem Tag, als er mit seiner klapprigen Ente unverhofft vor der Tür stand, war Joe in der Arbeit, und Anni hat für den Gast das zweite unbenutzte Ehebett in Joes Zimmer freigeräumt von dem Kram, der dort ausgebreitet lag: Cowboyhut, Stöße von Westernheftchen, zwei Gewehre. Ohne Joes Heimkehr abzuwarten, hat sie Walter einquartiert, obwohl sie hätte wissen können, daß es Ärger geben würde.

Als Joe am Abend sein Zimmer betrat, hat er Walters Rucksack, seine Gitarre und sein damaliges Lieblingsbuch ›Die Widmung‹ von Botho Strauß auf dem zweiten Bett liegen sehen. Es hat einen wüsten Krach in der Küche gegeben, von dem Walter nur das dramatische Ende erlebte: »Der oder ich!« und »Mich siehst du nie wieder!« und das wütende Geknatter des Mopeds, das sich mit wild hüpfendem Anhänger Richtung Hohlweg entfernte.

Entsetzt, gradezu verzweifelt, daß er der Anlaß dieses Streites sein sollte, hat Walter Rucksack, Gitarre und Buch in die Werkstatt geräumt, wo immer noch Kaminkes Feldbett stand, hat sich in seine Ente geworfen und auf die Suche nach Joe gemacht. Nachdem er alle Kneipen in der Umgebung durchgekämmt hatte – und das sind nicht wenige! –, hat er ihn schließlich im Bahnhofs-Kiosk entdeckt. Und weil Joe absolut nicht heimgehen wollte, hat Walter mitgetrunken und war so schnell sternhagelvoll mit Bier und Laterndlmaß, daß Joe aus lauter Verantwortungsgefühl wieder nüchtern wurde, den schluchzenden Jungen in seinen Anhänger packte und in ausschweifenden Girlanden nach Schwaig kutschierte. Dort hat er ihn, ohne Anni, die im Nachthemd die Treppe herunterkam, eines Blickes zu würdigen, in sein Zimmer geschleppt, von Stiefeln und Schafwollpulli befreit und in eben das zweite Bett gelegt, um dessentwillen vor wenigen Stunden der Streit entbrannt war. Gitarre, Rucksack und Buch hat er aus der Werkstatt geholt und neben Walters Bett aufgebaut, damit dieser beim Erwachen vertraute Dinge um sich hätte. Dann erst hat er sich auch schlafen gelegt. So hat ihre Freundschaft angefangen.

Walter ist in Schwaig geblieben, hat den Semesteranfang versäumt. Zum Studieren hatte er sowieso keine Lust mehr, weil es ihn, wie er sagte, dem richtigen Leben entfremdete. Zu dieser Zeit war Joe sein richtiges Leben. Weiß der Himmel, was der ihm alles erzählt hat beim Schwarzfischen, beim Trinken am Abend.

Einmal sind sie sogar miteinander auf den Berg gegangen. Für Joe war es das erste Mal, obwohl er in der Gegend von München aufgewachsen war und bei Föhn vom Baugerüst aus die Berge gesehen hatte. In solchen Augenblicken hatte er jedesmal seinen Kollegen gesagt: da fahr ich mal hin! da geh ich rauf und schau auf die andere Seite, wer weiß, vielleicht geh ich dann gleich nach Italien, wo meine Leute herkommen. Ja, ein Italiener wäre er gern gewesen, jedenfalls lieber als ein Zigeuner oder ein Flüchtling, aber hingekommen ist er nie, weder in die Berge noch nach Italien. Da mußte erst Walter kommen mit seiner Ente, seinem Liebeskummer, mit dem notorisch schlechten Gewissen des angeknacksten Bürgersohnes, mit der Sehnsucht des Flachländers nach Höhenluft. Morgen gehn wir auf den Berg! sagte er, als sie eines Abends vom Tisch aufstanden. Keine Widerrede!

Früh sind sie losgefahren, und als Joe im Hohlweg den Flachmann an den Mund setzte, kam ihm Walter dazwischen und warf den Flachmann zum Fenster hinaus: Heute nicht! Es war einer von den leuchtenden Tagen, wie sie der Herbst in dieser Gegend entzündet, dicke Nebelsuppe im Tal, als sie vom Parkplatz aufstiegen, Joe zittrig und schlecht gelaunt, weil er seine Morgenration nicht gekriegt hatte, aber als er in der untersten Alm mit Walters gnädiger Erlaubnis einen doppelten Enzian zu sich genommen hatte, wurden ihm die Beine fest, und die Laune schlug um. Um dem Flachländer zu zeigen, wie ein hiesiger Bursch Berge besteigt, rannte er alle Abkürzungen hinauf, bis er den Nebelsee unter sich hatte und über sich die gleißenden Spitzen im Himmelsblau.

242

Da oben, sagt Walter, sei Joe ein völlig anderer Mensch geworden, ein Kindskopf, übermütig, waghalsig, hemmungslos albern. Da sei er, Walter, plötzlich der langweilige Peter gewesen und Joe der Anführer von verrückten Streichen. Wie eine Gemse sei er Felsblöcke hinaufgeklettert, hätte sich oben in Positur gestellt und gejuchzt, daß es von den Wänden widerhallte. Sie hätten einander gejagt, ins Gras geworfen, gerauft, Wiesen runtergerollt, gebrüllt, Leute erschreckt, auf jedem Bukkel zu jodeln versucht, bis es bei Joe endlich klappte mit dem Überschlagen der Stimme. Von da an hätte er nur noch jodeln wollen. So seien sie, Joe jodelnd, Walter singend, das letzte Stück aufgestiegen, und am Gipfelkreuz habe es ihnen die Stimme verschlagen, so ungeheuer ragten die Berge aus dem Nebelsee, einsam und still, von einer himmlischen Reinheit, als hätte noch nie ein Menschenfuß diese Grate und Spitzen berührt. Um sie herum stürzten und stiegen die Dohlen.

Eine Dohle müßte man sein, hat Joe gesagt, so leicht, so geschickt im Fliegen, so hoch oben über dem Dreck. Und Walter ist ein Gedicht eingefallen, das er in der Schule gelernt hatte, ganz leise hat er es vor sich hin sagen müssen, während sie nebeneinander am Gipfelkreuz standen: Ihr wandelt droben im Licht auf weichem Boden, selige Genien, glänzende Götterlüfte rühren euch leicht ...

243

Joe hätte ihn nicht mal ausgelacht, sondern genickt, als wollte er sagen: das paßt!

Beim Brotzeitmachen neben dem Kreuz haben sie Pläne gesponnen: Was brauchen wir Weiber! Wir packen es schon, das Leben, wenn wir zusammenhalten! Walter hat gesagt, daß Joe aus dem Sumpf heraus muß, und mit Sumpf hat er das Tal gemeint und vielleicht auch ein wenig Anni, obwohl er sie wirklich gern leiden könne, aber für Joe sei sie eine Gefahr mit ihrem Nicht-nein-sagen-Können und dem ewig nachgefüllten Alkoholvorrat. Joe solle zu ihm in seine Wohngemeinschaft kommen, hat er gesagt, da zöge demnächst einer aus. Mit seinem Geschick im Reparieren von Fernsehern und Waschmaschinen könne er sich überall über Wasser halten und unter den Leuten der Wohngemeinschaft würde er sich wohler fühlen als bei den Hiesigen, die nichts als Besitz und Arbeit im Kopf hätten. Es gäbe auch Pläne, aufs Land zu gehen, in eines von den verlassenen, zum Abbruch bestimmten Bauernhäusern, dort biologische Landwirtschaft zu betreiben, einfaches Leben, gesunde Ernährung, Gemeinschaft mit Gleichgesinnten. Da könne so einer wie Joe sich optimal einbringen mit seinen Arbeitserfahrungen und den vielseitigen Fähigkeiten.

Als die Sonne hinter die Berge ging, sind sie zum Gasthof hinuntergestiegen und haben sich

244

richtig vollgegessen und -getrunken. Joe hat alles bezahlt, weil dies der schönste Tag seines Lebens sei, und Geld spiele ohnehin keine Rolle. Arm in Arm sind sie unter dem Sternenhimmel hinabgeschlingert, ein Wunder, daß sie das Auto gefunden haben. Joe hat das Steuer genommen, weil Walter dazu nicht mehr imstande war. Glücklicherweise war keine Polizei unterwegs. Vor dem Einschlafen haben sie sich von Bett zu Bett die Hand drauf gegeben, daß sie ihre Pläne auch in nüchternem Zustand nicht vergessen würden. Gleich morgen wollte Walter in die Stadt fahren, um mit den Leuten aus seiner Wohngemeinschaft zu reden. Wenn es soweit ist, ruf ich dich an, hat er beim Abschied zu Joe gesagt. Bis dahin hältst du besser den Mund.

Tatsächlich hat er angerufen. Allerdings nicht gleich, sondern Wochen später, als es mit einem Temperatursturz von 30 Grad, wie sie hier öfter vorkommen, Winter geworden war. Aber so lange hat Joe den Mund nicht halten können. Zunächst nur in Andeutungen, dann immer deutlicher, immer farbiger hat er seine Zukunft geschildert, was er mit Walters Hilfe alles machen und werden wollte: Chef in einer florierenden Landkommune, Kellner in einem internationalen Hotel, Alleinunterhalter in einer der Schwabinger Künstlerkneipen, vielleicht sogar Fernsehstar. Da würdet

245

ihr schauen, wenn ich auf einmal vom Bildschirm runter den Weltverdruß singe. Ganz ernst hat er das nicht gemeint, aber auch nicht ganz spaßig. Anni hat schweigend zugehört und sein Glas nachgefüllt, das schneller leer wurde als sonst vor lauter Warten und Wünschen und Planen und aufs Telefon Lauern.

Zur Arbeit ist Joe in dieser Zeit nicht mehr gegangen, weil er Schwierigkeiten mit dem Bein bekam. Die Haut über dem Schienbein wurde dünn und trocken wie Papier. Sie bildete kleine Löcher, aus denen Blut floß, dünne dunkle Rinnsale, die gar nicht zu fließen aufhören wollten. Zum Doktor wollte er nicht, jedenfalls nicht hier. Wenn er erst in der Stadt wäre, würde er mit Walter zum Spezialisten gehen und sich mal richtig durchchecken lassen. Anni hat Schweinehaut auf die Löcher gelegt und feste Verbände darüber gemacht, und irgendwann ist das Blut wieder weggeblieben.

Als der Anruf dann endlich kam, hat Joe die ganze Tischrunde zum Abschiedstrunk eingeladen und sie bis in die Nacht hinein mit Witzen, Liedern, Geschichten und Plänen unterhalten. Er sei ja nicht aus der Welt, hat er erklärt. Wenn man ihn brauche, werde er kommen, egal, an welchem Punkt der Erde er sich befände. Jederzeit, Anruf genügt! Er gehöre nicht zu denen, die ihre alten

246

Freunde vergessen. Eines Tages werde er mit einem dicken Wagen voll geldiger Gäste ankommen und den Laden mal richtig in Schwung bringen. Den Sekt könnt ihr kaltstellen, Deinhard Lila, das ist meine Marke.

Schon jetzt nahm er Haltung und Allüren eines hohen Besuchers an, der aus der großen Welt in die Enge seiner Anfänge zurückkehrt. Ja, schaut mich nur an, ich bin's, Weltverdruß-Joe, hoch gestiegen, weit herumgekommen und doch der gleiche geblieben, ein einfacher Mensch mit einem Herzen für einfache Menschen. Den ganzen Abend hab ich Harmonika spielen müssen, ›Weltverdruß‹ und ›Tom Dooley‹ und was Russisches, damit er im Freigeräumten zwischen Anrichte und Herd Krakowiak tanzen konnte.

Als ich am anderen Morgen herunterkam, war Anni dabei, seine Sachen zu packen: frisch gewaschen, gebügelt die guten Kleider, die sie ihm gekauft hatte, geputzte Schuhe in Plastiktüten, ein großes Stück Rauchfleisch als Reiseproviant. Joe stand derweil am Küchenfenster und schaute hinaus, wo nichts zu sehen war als dreckiger Schnee und kahle Bäume und auf einer Stange neben dem Gartenzaun das Futterhäuschen, das er im Sommer gezimmert hatte, eine richtige Sennhütte mit Steinen auf dem Dach und einem Trichter statt Kamin, in den man das Futter hineinschütten konnte. Essen mochte er nichts, nur Kaffee mit Kognak trinken, die Tasse hatte er auf der Fensterbank stehen. Plötzlich fing er zu schimpfen an über die Spatzen, die den Meisen das Futter wegnähmen, und dann rannte er in sein Zimmer, holte eins der Gewehre nach draußen und knallte wild in der Gegend herum. – Nun spinnt er wieder! sagte Anni.

Nach einer Weile kam er zurück, stellte die leere Tasse auf den Tisch, und Anni goß sie noch einmal voll mit Kaffee und Kognak. Dabei sagte sie: jetzt wird's aber Zeit, wenn du den Zehn-Uhr-Zug haben willst. Er trank den Kaffee in winzigen Schlucken, und als nichts mehr in der Tasse war, sagte er: Na denn! und ging hinaus. Wir hörten, wie er das Moped aus dem Schuppen holte und das Gepäck auflud. Als Anni anfing, das Geschirr abzuwaschen, kam er mit Janker und Hut zurück, sagte noch einmal: Na denn! ging aber nicht, sondern blieb im Türrahmen stehen.

Gute Reise und viel Glück! sagte ich. Aber das war es wohl nicht, worauf er wartete. – Ich fahr jetzt! sagte er zu Anni, die übers Spülbecken gebeugt eine fettige Pfanne ausrieb. – Der Fritz fährt das Moped zurück. Ihr könnt es haben, wenn ihr wollt. Ich brauch es nicht mehr. – Ist gut, sagte sie. Langsam ging er hinaus! Ich begleitete ihn zum Moped und winkte ihm nach, aber das sah er

248

nicht, weil er sich kein einziges Mal umwandte.
Nun ist er weg! sagte ich zu Anni, die immer noch
an der gleichen Pfanne herumrieb.

So gegen drei am nächsten Morgen hat die Polizei ihn zurückgebracht. Erfroren wäre er, draußen
auf der Bank vor dem Bahnhof, wenn sie nicht
zufällig mit dem Streifenwagen vorbeigekommen
wären und das Moped mit Anhänger und Gepäck
hätten stehen sehen. Den Rausch muß er sich im
Bahnhofskiosk geholt haben, aber die machen spä-
testens um eins zu. Danach hat er statt nach Hause
sein Moped zum Bahnhof geschoben, wo nachts
kein Mensch ist und der Warteraum abgeschlossen
bis eine halbe Stunde vor Abfahrt des Frühzugs
um sechs Uhr zwölf. Fünf Stunden bei minus zehn
Grad, das hätte er nicht durchgehalten, dünn wie
er ist und ohne Mantel, nur mit Hemd und Janker.

Anni hat ihn mit zwei Wärmflaschen ins Bett
gelegt. Tagelang ist er nicht aus dem Zimmer herausgekommen. Das Essen, das sie ihm ans Bett
brachte, ist nicht weniger geworden, und wenn er
zum Pinkeln mußte, hat er immer abgewartet, bis
der Flur leer war.

Immer mehr Orte gab es im Tal, die ich umgehen
mußte, immer mehr Menschen, denen ich aus-
wich, immer mehr Vorgänge, die ich nicht anschauen konnte, ohne Angst zu spüren: Wenn die

Burschen mit ihren Mopeds im Auwald und durch die Uferwiesen Rallye fuhren; wenn die Gäste Schneisen ins Unterholz schlugen, Parzellen eingrenzten, Tische, Bänke, Feuerstellen installierten und in ihren dicht bei den Zelten geparkten Autos die Radios aufdrehten, daß die Vögel verstummten, die Wildtiere flohen; wenn Müll in das ausgetrocknete Bachbett gekippt wurde; wenn Schaum und tote Fische den Fluß hinabtrieben.

Längst war der Hohlweg eingeebnet, eine Kiesgrube fraß sich in die Böschung, bis in die Höfe hinein krochen die Asphaltstraßen und versiegelten die Erde. Anfangs habe ich noch versucht, Plastiktüten wegzuschaffen und die Regenwürmer zu retten, die auf der Suche nach Einschlupf auf dem Asphalt verreckten. Dann gab ich es auf. All die kleinen Zusammenbrüche, jeder für sich winzig und unbedeutend, verglichen mit dem, was draußen passierte, vereinigten sich in meiner Wahrnehmung zu einem unaufhörlichen Bröckeln, Rieseln, Schwinden, vor dem ich nicht davonlaufen konnte, weil es überall war, auch in mir.

Im Haus meinte ich einen scharfen, feindseligen Ton wahrzunehmen. Kaum war die Bedienung aus der Sicht der Gäste, verfiel das vom Dauerlächeln überanstrengte Gesicht. Überdruß trat hervor, Zorn auf die Gäste mit ihren Extrawünschen, ihrer Trägheit, ihren lästigen Kindern. Es schien mir, als bewege Anni sich in einer Art Trance auf vorgezeichneten Wegen, hermetisch abgeschirmt gegen alles, was ihr von innen oder von außen in den Weg kommen könnte, auch gegen mich. Immer deutlicher sah ich aus der von Herdhitze geröteten Haut das Nachtgesicht hervortreten, die zusammengebissenen Zähne unter dem Lächeln.

Wenn es in der Gastwirtschaft hoch herging, rief Weltverdruß-Joe mich an über das vom Oberst zurückgelassene Wehrmachtstelefon, das er zwischen altem und neuem Haus installiert hatte. Es seien nette Leute da, sagte er, Leute, die mir bestimmt gefallen würden. Ich solle herunterkommen, Harmonika spielen, mit ihnen lustig sein wie früher. Wenn ich nicht kam, war er mir tagelang böse, wandte sich ab, wenn ich vorüberging, ließ hinter meinem Rücken giftige Bemerkungen los: die meint wohl, sie sei was Besseres ... So ging auch diese Freundschaft zu Bruch, und immer häufiger kam mir der Gedanke, daß ich von hier weg müßte, ehe ich mir selbst in dem Bröckeln, Rieseln, Schwinden verlorenginge.

Einmal, ein einziges Mal in dieser verdüsterten Zeit, hab ich Joe gesehen, wie er wirklich war oder hätte sein können. An jenem Tag war die Gastwirtschaft wegen einer Familienfeier geschlossen. Joe war allein im alten Haus, ich mit den Kindern im neuen. Am Abend zog ein Gewitter auf mit fernem Donnergrollen und Wetterleuchten den Horizont entlang. Ich hatte die Kinder ins Bett gebracht und war neben der Kleinsten selbst eingedämmert, als ein Donnerschlag mich weckte. Das Zimmer war mit weißem Licht erfüllt von den Blitzen, die über den Himmel zuckten. Wie eine Sturmflut rollte von allen Seiten der Donner heran, ein ununterbrochener wütender Aufruhr, in dem das winzige Haus bis in die Erde hinein erzitterte. Ich wollte Licht machen, aber es gab keinen Strom. Mit der Kerze lief ich von Fenster zu Fenster, sah Heu und Heinzen über die Wiese fegen, die große Tanne an der Einfahrt sich biegen, den alten Apfelbaum krachend zu Boden gehen. Sturmstöße brandeten gegen das Haus. Ich hatte Angst, das Dach würde uns über dem Kopf davonfliegen, und überlegte, ob ich die Kinder nehmen und flüchten sollte.

Da sah ich im Schein eines Blitzes Joe unten ums Haus gehen, Fenster und Läden sichern, die klappernde Dachrinne festbinden, Gerät in den Stadel räumen, Bandsäge und Holzstoß mit der Plane abdecken. Als alles Nötige getan war, blieb er vor der Haustür stehen und blickte zu mir herauf. Ich sah ihn, von Blitzen erleuchtet und wieder ins Dunkle entlassen, als den guten Hausvater, der das Seinige bewacht und bewahrt, einheimisch, zugehörig, sicher, wie er immer so gern gewesen wäre und nun, einen kurzen, gestohlenen Augenblick lang, wirklich war – ein Angekommener. Ich winkte ihm mit der Kerze zu, um ihm zu sagen, daß ich ihn gesehen hätte, und er funkte mit der Taschenlampe zurück. Kurz darauf ging das Telefon. Ich hörte seine Stimme, wie ich sie noch nie gehört hatte, warm und tief, voller Großmut und Freundlichkeit: Brauchst keine Angst haben! Ich bin ja da.

In dieser Nacht habe ich nicht mehr einschlafen können. Während das Gewitter sich zurückzog, versuchte ich, die Menschen von Schwaig zu sehen, wie ich soeben Joe gesehen hatte. Unter den Haltungen und Gesichtern, die das Leben aufzwingt, suchte ich nach dem anderen Gesicht, dem eigenen, möglichen, das nur ganz selten, in geschenkten Augenblicken, durchbricht: Annis Gesicht, das sie meinem Kind zuwandte, als es sie zärtlich zu sich hinunterzog; das in Freude und Stolz erglühte Gesicht des Mannes, als er mit Schützenkette und Geschenkkorb geehrt wurde; Kaminkes Triumphgesicht bei der ersten Überfahrt mit dem Boot, das er für Anni gemacht hatte. Bei der Mutter, bei den Tanten, bei Elfriede, bei jedem, der mir einfiel, konnte ich ein solches Gesicht entdecken, und immer hatte es etwas mit Liebe zu tun.

Vor Aufregung mußte ich noch mal aufstehen,

die schlafenden Kinder anschauen und beim Schein der Kerze in ihren Gesichtern zu lesen versuchen, was daraus werden könnte. Den Rest der Nacht verbrachte ich mit Nachdenken und Fragen, warum es so selten gelingt, das eigene mögliche Gesicht durchzubringen und festzuhalten. Und wie man das ändern könnte.

Eines Morgens nach einer Saufnacht ist es in Joes Zimmer still geblieben. Anni ging hinein, um ihn zu wecken. Er rührte sich nicht. Sie hat niemandem etwas gesagt, nicht dem Mann, nicht den Tanten, ist zum neuen Haus hinaufgelaufen, hat mich gesucht, im Bett, bei den Kindern, hat mich gehört im Bad, an die Tür geklopft. Als ich öffnete, sah ich ihr aufgerissenes, bis in die Tiefe bloßgelegtes Gesicht und wußte, ehe sie es herausbrachte, was passiert war.

Aber als wir vor seinem Bett standen, konnte ich es nicht glauben und hielt eine brennende Kerze vor seine Lippen. Eine Weile stand die Flamme still, dann bewegte sie sich, und ich schrie: Er lebt! Ruf den Arzt an! Aber es war wohl mein eigener Atem, der die Flamme bewegt hatte. Als Anni versuchte, seine Hände zusammenzulegen, waren sie schon steif.

Er sei schon ein paar Stunden tot, sagte der Arzt, wahrscheinlich im Schlaf gestorben, ohne Schmerzen, so ordentlich wie er dalag, das Bett kaum zerwühlt, mit einem stillen glatten Gesicht, das sehr jung wirkte, fast wie ein Kindergesicht, das noch alles vor sich hat.

Auf dem Weg zum Auto schimpfte der Arzt gegen den ländlichen Alkoholismus, hatte ja recht, der neue Doktor, aber die Art, wie er das sagte, mit einem Näseln in der Stimme und einem Hochziehen der Brauen über den Brillenrand, ließ mich vor Wut erzittern. Durch das offene Autofenster sagte ich, was Dr. Fröschl immer gesagt hat: Wenn du einem die Flasche wegnehmen willst, dann mußt du ihm was Besseres geben – eine Sicherheit unter den Füßen, einen Spaß an der Arbeit, eine Hoffnung, gute Freunde und, wenn's möglich ist, Liebe. Sonst läßt du lieber die Finger davon.

Erst als der Motor verklungen war, wurde mir bewußt, daß ich laut gesprochen, fast geschrien hatte, als wollte ich, daß Weltverdruß-Joe hinter dem Fenster mich hören könnte.

Ich dachte, sie würden die Gastwirtschaft schließen, nur diesen Tag lang, wegen Todesfall, aber das ging nicht, weil für den Abend ein Betriebsausflug angesagt war.

Was wollte Anni mir mitteilen, als ich an jenem eisigen Frühlingsmorgen an ihr vorüber und weiter nach Süden fuhr? Ich befrage die Hand in ihrem Schoß, die kraftlose, schmal gewordene Rechte, die immer kühl ist, bläulich, die Nägel sehr weiß, länger gewachsen, weil die Arbeit sie nicht mehr abschleift, die Hand, die nichts mehr will, nichts mehr weiß von dem Zeichen, das sie mir nachwarf – unterbrochene Bewegung, im Rückspiegel eingefangen, in mein Gedächtnis gefallen, Frage, die nicht mehr beantwortet werden kann.

Als ich vom Paß hinunter in den italienischen Frühling fuhr, hatte ihr Schicksal bereits zugeschlagen. Beim Tischdecken zu Mittag ging ihr die Kraft weg. Die Teller fielen ihr aus der Hand, dann fiel auch sie. Scherben um sie herum, als der Mann sie fand und aufhob. Und ich war wieder nicht da, nicht betroffen. Nur weil ich leichter bin, beweglicher, besser ausgerüstet, das Leichte zu genießen, dem Schweren auszuweichen.

Was tat die Hand, nachdem ich hinter der Biegung verschwunden war? Fiel sie einfach herunter, nutzlos geworden, weil unverstanden? Deckte sie sich über die Augen, um das leere Wegstück aus-

zulöschen? Floh sie unverzüglich zu dem Reisigbesen neben der Haustür und fegte die Schnee-
reste vom Beton? Arbeitsbewegungen gelangen
ihr immer. Eine griff in die andere. Schwer wurden
ihr nur die unnützen Gesten – das Grüßen, Hand-
geben, Winken ...

Ich habe ihr ein Gummibällchen mitgebracht,
das soll sie in der kranken Hand drücken, damit
die Muskeln sich kräftigen. – Drück das Bällchen!
sag ich, laß los! drück! laß los! – Gehorsam folgt
die Hand meinen Anweisungen. Dann vergißt sie
es, und ich sage wieder: drück das Bällchen!

Tu was für deine Gesundheit! sage ich. Komm,
wir gehen spazieren, jeden Tag eine halbe Stunde,
einmal die Au hinauf bis zu der Erle, wo früher
die Bucht war, und wieder zurück. Ich hole das
Kopftuch, helfe ihr in die Wolljacke, stütze sie,
wenn der kranke Fuß umknickt. Du willst doch
gesund werden! sage ich.

Will sie das wirklich? Manchmal meine ich, daß
sie uns alle hinters Licht führt. Wie durch einen
Riß im Vorhang seh ich ihre Mundwinkel zucken,
ein Funkeln in ihren Augen, boshaft? belustigt?
triumphierend? zu schnell vorbei, als daß ich es
deuten könnte.

Einmal, im Krankenhaus, zieht sie plötzlich
meinen Kopf zu sich hinunter und flüstert mir ins
Ohr: Die Schwestern meinen, ich krieg nichts mit,

aber ich krieg alles mit. Ein anderes Mal, gleich nach der Chef-Visite, die sie in ehrfürchtiger Starre über sich ergehen läßt, fängt sie zu kichern an und sagt ganz laut, mit einem aufsässigen Ton in der Stimme: die wissen auch nichts, die Doktors.

Was wissen die nicht? frag ich und seh ihre Augen stumpf werden, seh Anni hinter den stumpfen Augen in Deckung gehen, lachen, mich und die Schwestern und die Doktors auslachen. Frau Percht hinter dem Vorhang. Mag sein, daß ich mich täusche, aber der Verdacht bleibt und hindert mich, sie als eine Unmündige zu sehen und zu behandeln, wie die andern es tun. Ich werde das Gefühl nicht los, daß irgendwann etwas aus ihr herausbrechen könnte, etwas, das ein Leben lang in ihr begraben lag und nun heimlich nach außen schwelt.

Nach der Rückkehr vom Krankenhaus versucht sie, die Hausarbeit wiederaufzunehmen, aber sie geht ihr nicht von der Hand. Die Lähmungen stören den Bewegungsablauf. Wahrnehmung und Hände greifen nicht mehr präzis ineinander. Die Dinge fremdeln. Alles ein bißchen aus der Reihe. Sie wird vorsichtig, arbeitet langsamer, mit mühsamer Konzentration, immer eins nach dem andern. Nur nichts falsch machen!

Kommen am Wochenende die Superweiber

zum Aushelfen, bleibt sie sitzen, bis man ihr Arbeit anschafft: Kartoffelschälen, Gemüseputzen, Geschirrabwaschen. Daß andere Regie führen, scheint ihr nichts auszumachen, aber manchmal, ganz unvermittelt, brechen Klagerufe aus ihr heraus, rauhe, dunkle Töne, wortlos, tränenlos. Tröstungen erreichen sie nicht. Plötzlich, wie sie gekommen ist, versiegt die Klage. Das Nachtgesicht schließt sich.

Wenn wir beim langsamen Gehen durch die Au dem Fluß näher kommen, spüre ich ihren Arm in meinem zittern. Das Geräusch des Fließens regt sie auf. Schwer hängt sie an mir, zieht mich mit dem ganzen Gewicht zur Seite, zum Fluß hin. Ich denke an die Nacht, als wir die Mutter suchten, Lichter und Rufe am Ufer entlang, schwarzes Fließen unter dem Mond.

Von nun an gehen wir nicht mehr in die Au, sondern ein Stück die Straße hinunter, dann über den Wiesenweg zum oberen Haus, am Garten entlang, den die Tochter angelegt hat, seit sie mit ihrer jungen Familie dort eingezogen ist. Ich bilde mir ein, daß es Anni Spaß machen müßte, zu sehen, was da wächst: Salat, Gurken, Zwiebeln, Lauch, sogar Tomaten in der Plastikhülle, aber nach kurzer Zeit hat sie genug davon und zieht mich zum alten Haus zurück. Ich habe den Eindruck, daß sie froh ist, wieder drinnen zu sein.

Gehst du nicht gern spazieren? Ist mir gleich, sagt sie. Der Mann sagt, daß sie nachts manchmal aufsteht und hinaus will, immer zum Wasser. Depressionen! sagt der Arzt. Man darf sie nicht aus den Augen lassen.

Noch einmal führt der Krankenwagen sie fort. Als sie zurückkommt, klagt sie nicht mehr. Eine Galerie von Medikamenten steht auf der Fensterbank, daneben ein langer Zettel mit Anweisungen. Bei jeder Mahlzeit baut der Mann die Tagesration neben ihrem Teller auf und führt ihr den Löffel mit Tabletten und Tropfen zum Mund. Ich meine, sie sollte ihre Krankheit selbst in die Hand nehmen. Sie kann es! man muß sie nur lassen. Der Arzt will das nicht, sagt der Mann. Und du? sag ich zu ihr, was willst du? Sie wendet sich ab. Mein Drängen ist ihr lästig. Seit sie die Medikamente nimmt, schläft sie viel, drei Stunden nach dem Mittagessen, mindestens zehn bei der Nacht, würde auch länger schlafen, wenn niemand sie weckte, würde vielleicht gar nicht mehr aufstehen.

Besuch ist gekommen, ein Fernfahrer mit Gattin, der schon mehrere Male seinen Sommerurlaub in Schwaig verbracht hat, freundliche Leute, Lisbeth, die Frau, hat Friseuse gelernt. Heut mach ich dich schön! sagt sie beim Frühstück zu Anni. Sie heizt

260

das Bad ein, läßt Wasser einlaufen, gibt Fichten-
nadelschaum hinein. Als alles bereit ist, das Badetuch vorgewärmt, holt sie Anni, badet sie, wäscht
ihr die Haare, dreht sie auf Lockenwickel, fönt,
bürstet aus. Rosig, ein Handtuch über dem Kopf,
tritt Anni ins Freie, lacht mich an im Vorübergehen.

Warum kann ich nicht sein wie Lisbeth, zupak-
ken, tun, was zu tun ist, was ihr gut tut, wie Anni
es bei mir und den Kindern getan hat. Das ist vorbei. Alle haben es begriffen, nur ich nicht. Worauf
warte ich noch?

Lisbeth hat zwei Stühle vors Haus gestellt. Da
sitzen die beiden, stecken die Köpfe zusammen,
erzählen sich was, kichern. Zwei Stühle, nicht
drei. Heute muß ich allein spazierengehen.

Um das neue Ufer nicht sehen zu müssen, wo
einmal die Bucht war, fahre ich auf die andere
Seite und nehme den Weg vom Fluß weg Richtung
Herrnberg. Ich steige die Serpentinen hinauf und
setze mich in die Mulde unter dem Wegkreuz, genau dorthin, wo ich mit dem Gefreiten Max Kramer gesessen habe. Wie lang ist das her? Was haben wir mit dem Frieden gemacht, der so nah und
offen vor unseren Füßen lag? Das Licht ist golden
wie damals. Sanft schwingt das Gelände zu den
Alpen hin, das Tal in der Mitte, von bewaldeten

261

Hügeln umgeben, zum Himmel geöffnet mit dem unbeschreiblichen Grün feuchter Wiesen am Spätnachmittag.

Warum können wir nicht noch einmal von vorn anfangen? sage ich und kneife die Augen fest zu, um Max deutlicher zu sehen, das braune Gesicht unter dem Strohhut, blaukariertes Hemd, abgeschnittene Wehrmachtshose, Sandalen aus Autoreifen, den Korb mit Malzeug am Arm. Mal mir ein Bild, wie es sein könnte, sage ich, den neuen besseren Anfang, die andere Möglichkeit für Annis Riesenkraft, Wenzels Geschick, Kaminkes rasende Energie. Ein Garten könnte es sein, nicht impressionistisch hingewischt, sondern ganz genau, damit man sehen kann, was wächst und wie die Leute darin arbeiten, alle, die nach Schwaig gehören, die Mutter, die Tanten, die Kinder, die Freunde. Den Mann, den man so leicht vergißt, weil er klein ist, solltest du höher stellen, auf eine Leiter beim Obstbaumschneiden oder Bieneneinfangen. Weltverdruß-Joe, der mit Gartenarbeit nicht viel im Sinn hat, könnte Kisten mit Früchten und Gemüse auf seinen Anhänger laden, um sie zum Markt zu fahren. Über den Zainer Hügel sollte Robert die Schafe führen, und am Rand der Bucht sollte, geduldig in seinem Fett, Dr. Fröschl sitzen und auf seinen Fünfzig-Kilogramm-Waller fischen. Vergiß auch die Laube nicht und die beiden Büsche daneben, Schneeball, Jasmin; das Wännchen zum Fußwaschen, die Nachbarn rund um den Tisch und Anni mit der Gitarre, wie sie endlich den dritten Akkord spielt, die Subdominante, die ihr beim Begleiten von Roberts Liedern immer gefehlt hat. Vielleicht findest du auch einen Platz für mich, möglichst unauffällig, als fädenziehende Spinne, als Kuckuck, der seine Eier ins fremde Nest legt. Muß aber nicht sein. Ich bleib nicht mehr lang. Ich spür es schon in den Füßen: Zeit zu gehen.

An einem Sonntagnachmittag – Urlaubszeit, der Wirtsgarten gestopft mit Leuten, Flotten von Gummibooten den Fluß hinunter, geparkte Autos Dach an Dach auf der zum Parkplatz umfunktionierten Wiese – ist Anni fortgegangen, nicht weit, nur ein paar Schritte vom alten zum neuen Haus, in den Austrag.

Vom Garten aus seh ich sie gehen mit einem Bündel Bettzeug unter dem Arm, wundere mich, wo sie am hellichten Nachmittag mit der Bettwäsche hin will, finde, daß sie einen seltsamen Gang hat, ein Schlenkern in Schultern und Armen, ein winziges Hüpfen mit dem heilen Fuß über den kranken hinweg, wie ein Vogel, der auffliegen will und nicht hochkommt. Ich werfe einen Blick durch das Küchenfenster und sehe Türme von dreckigem Geschirr, das Spülwasser steht noch im

Becken. Was gab es so eilig zu tun, daß sie nicht mal das Spülwasser ablassen konnte?

Als ich vom Schwimmen zurückkomme, ist es Abend. Eine Blaskapelle spielt im Garten. An den Schnüren, die Weltverdruß-Joe zwischen den Obstbäumen gezogen hat, leuchten die bunten Birnchen. Immer noch Hochbetrieb in der Küche. Eine fremde Frau steht am Spülbecken. Sie weiß nicht, wo Anni ist, vielleicht kennt sie sie gar nicht. Im Bett, wo denn sonst? sagt die Bedienerin im Vorüberwetzen. Aber Annis Bett in der Kammer ist leer, die Wäsche abgezogen. Kein Mensch hat bemerkt, wie sie das Haus verließ, in dem sie geboren und aufgewachsen ist und jede Nacht ihres Lebens geschlafen hat, zuerst im Körbchen neben den Elternbetten, dann in der Tochterkammer, dann im Ehebett neben dem Mann. Beim Abwaschen ist es ihr eingefallen. Sie hat ihr Bettzeug zusammengerollt und unter den Arm genommen. Die Tochter hat sie kommen sehen und gemeint, daß sie ein Stündchen ausruhen will vom Wirtshauslärm. Sie hat ihr eins von den Ehebetten zurechtgemacht und die Vorhänge zugezogen. Anni ist gleich eingeschlafen, hat sich nicht gerührt, als die Tochter und ihr Mann sich danebenlegten, lag am Morgen immer noch da und schlief. Erst als alle beim Frühstück saßen, ist sie leise aufgestanden und hat sich mit der eigenen Wäsche das Bett

264

gemacht. Da wußte die Tochter, daß die Mutter bleiben wollte, und richtete ihr die Kammer neben dem Kinderzimmer.

Als ich am anderen Morgen hinunterkam, um die Post zu holen, schauten die Dinge mich seltsam an. Sie standen wie sonst, die Gläser gespült und zum Trocknen aufgestellt, das Geschirr in den Schrank geräumt, der Herd geputzt. Das hatte die Bedienerin noch gemacht, ehe sie ins Dorf zurückfuhr.

Was anders war, hatte mit dem Zwischenraum zwischen den Dingen zu tun, der öde war, wie ich noch nie eine Öde in diesem Haus gesehen hatte. Jedes für sich standen die Dinge im Leeren, hatten nichts miteinander zu tun und nichts mit dem Ganzen und das Ganze nichts mit den einzelnen Dingen. Sie waren wie Töne, zwischen denen sich nichts bewegt, kein Zueinander- und Voneinander- weg-Streben, kein Spannen und Lösen, kein Klang, keine Musik. So etwas wie Musik muß zwischen den Dingen gewesen sein, solange Anni mit ihnen umging. Nun lief da nichts mehr. Kalt und feucht wie aus Brunnenschächten stand die Luft um die aufgegebenen Dinge. Sie hat nichts mitgenommen außer dem Bettzeug. Es gab auch nichts im Haus, das ihr allein gehörte, keinen privaten Raum, keine Truhe mit persönlichen Dingen, nur das Sach, in das so viele Leben sich hatten einzwängen müssen.

265

Manchmal sieht man sie noch am alten Haus. Sie räumt Gerät in den Schuppen, knipst Welkes von den Geranien, sitzt eine Weile auf dem Stuhl an der warmen Hauswand. Dann geht sie wieder. Über Nacht bleibt sie nie. Im oberen Haus ist ihr Platz in der Kanapee-Ecke, gleich neben dem Ofen. Die Katze rollt sich in ihrem Schoß. Die Enkel turnen über sie weg. Ihr Gesicht ist wieder rund geworden. Ein freundliches Rot färbt ihre Wangen. Hört sie zu, wenn die anderen reden? Manchmal nickt sie, lacht, wenn die anderen lachen, sagt aber nichts. Mittendrin steht sie auf und geht schlafen.

Am Tag meines Auszugs, als alles verpackt und verladen ist, nehme ich Abschied. Ich bin ja nicht aus der Welt, sage ich. Wenn der Umzug vorbei ist, komm ich dich besuchen und wir gehen spazieren, genau wie früher. Weißt du noch, daß ich einmal eine Kuh in eurem Stall hatte? sage ich. Ich hatte sie selbst bezahlt, weil ich unbedingt bei euch etwas haben wollte, was mir gehörte. Die Kuh hieß Ruth, erinnerst du dich? Das mußt du doch wissen! sage ich. Eigentlich hieß sie Berta, aber ich wollte, daß sie meinen Namen hätte. Sie stand ganz links im Stall, hatte einen weißen Stern zwischen den aufwärtsgebogenen Hörnern, eine Brave, hast du gesagt, die Bravste von allen. Gib dir ein bißchen Mühe, sage ich, denk nach! Sie hieß wie ich. Ich drehe ihr Gesicht, daß sie mich anschauen muß, sage meinen Namen. Zögernd, im Frageton spricht sie ihn nach.

Als ich abfahre, steht sie am Fenster, winkt aber nicht, schaut nur.

Man sieht es nicht. Es geschieht innen, ganz langsam, über Jahre. Einer geht fort. Ein Kraut kommt im Frühling nicht wieder. Ein Vogelruf fehlt. Eine Schmetterlingsfarbe ist gelöscht. Ein Maulwurf liegt tot in der Ackerfurche. Die Wildenten rasten in einer anderen Bucht. Ein Baum fällt – die große Erle, die einmal am Rand der Bucht stand, dann zwischen Uferstreifen und Maisfeld. Eines Morgens liegt sie da, voller Knospen die Zweige. Im verschlungenen, knotigen Wurzelwerk stecken noch Steine und Erdbrocken, die sie beim Wachsen umschlungen hat. Keine Säge hat sie geschnitten, kein Sturm umgelegt. Ganz von selbst ist sie umgesunken, Wurzel um Wurzel, wie das ermattete Erdreich sie losließ.

» Ein kleines Wunderding:
schön, souverän, eindringlich.«

Uwe Wittstock, DIE WELT

»Ein Kapitel aus meinem Leben«, so nannte Lizzy mit betontem Understatement den heikelsten Teil ihres ungewöhnlichen Lebens: ihre Ehe mit dem weltberühmten »Meisterspion« und Doppelagenten Kim Philby. Barbara Honigmann erzählt nüchtern, poetisch und komisch das unglaubliche Leben ihrer eigenen Mutter, einer Agentin und Emigrantin, Jüdin und Kommunistin, im Europa der Kriege und Diktaturen. Die bewegende Geschichte einer außergewöhnlichen Frau.

144 Seiten. Gebunden

www.hanser.de
HANSER

Isabella Nadolny im dtv

»Isabella Nadolny ist eine Moralistin der Lebensweisheit,
eine Herzdame der Literatur.«
Albert von Schirnding

Ein Baum wächst übers Dach
Roman
ISBN 3-423-01531-4

Ein Sommerhaus an einem der
oberbayrischen Seen zu besit-
zen – dieser Traum wurde für
die Familie der jungen Isabella
in den dreißiger Jahren wahr.
Wer hätte damals gedacht, daß
dieses kleine Holzhäuschen
eines Tages eine schicksalhafte
Rolle im Leben seiner Besitzer
spielen würde?

Seehamer Tagebuch
dtv großdruck
ISBN 3-423-02580-8

Providence und zurück
Roman
ISBN 3-423-11392-8

»Zuhause ist kein Ort, zuhause ist ein Mensch, sagt der
Spruch, und es ist wahr. Hier
in diesem Sommerhaus war
kein Zuhause mehr seit
Michaels Tod …« In ihrer Ver-
zweiflung folgt Isabella
Nadolny einer Einladung in
die Staaten. Von New York
über Boston bis Florida führt
sie diese Reise zurück zu sich
selbst.

Vergangen wie ein Rauch
Geschichte einer Familie
dtv großdruck
ISBN 3-423-25167-0

Als einfacher Handwerker aus
dem Rheinland ist er einst zu
Fuß nach Rußland gewandert
und hat es dort zum Tuch-
fabrikanten gebracht, in dessen
Haus Großfürsten, Handels-
herren und der deutsche Kaiser
zu Gast waren: Napoleon
Peltzer, der Urgroßvater des
Kindes, das ahnungslos die
Porträts und Fotografien
betrachtet, die in der Wohnung
in München hängen.

Der schönste Tag
Geschichten
dtv großdruck
ISBN 3-423-25191-3

»Isabella Nadolny besitzt die
Kunst, ihre Erzählungen in
ganz alltägliche Ereignisse ein-
zupflanzen, sie blühen dann
auf, nehmen zu an Bedeutung
und Gehalt.« (Ruhrwort)

Durch fremde Fenster
Bilder und Begegnungen
dtv großdruck
ISBN 3-423-25217-0

Bitte besuchen Sie uns im Internet: www.dtv.de